떠나보면 알지

떠나보면 알지

발행일   2024년 11월 22일

지은이   김상미, 김선희, 박나영, 방훈일, 선남숙, 안민관, 양아람, 유나현, 이선진, 전원택,
           하미나, 한주원
펴낸이   최서연
펴낸곳   책먹는살롱
출판등록   120-98-28371
이메일   kcleo529@naver.com

편집/디자인 (주)북랩
제작처   (주)북랩 www.book.co.kr

ISBN   979-11-93359-43-3 03810 (종이책)   979-11-93359-44-0 05810 (전자책)

12명의 작가가 전하는 설렘과 성찰의 여행기

떠나보면 알지

김상ㅁ
김선ㅎ
박나영
방훈읕
선남숙
안민곤
양아름
유나한
이선조
전원탁
하미나
한주운

책먹는살롱

작가가 되고 싶다는 생각을 해본 적이 없습니다. 사실대로 말하면 꿈이 없었던 사람이었습니다. 글을 잘 쓴다는 말도 들어본 적이 없습니다. 그런 제가 2017년부터 지금까지 15권의 종이책과 60권의 전자책을 썼습니다. 이제는 삼시세끼 글밥을 지어먹는 책먹는여자로 살고 있습니다.

신세계를 찾아 떠나는 〈원피스〉 애니메이션을 좋아합니다. 루피의 꿈이 결국 그와 함께하는 동료들의 꿈이기에, 함께 역경을 헤쳐 나가며 성장하는 이야기가 꽤 멋집니다. "너, 내 동료가 돼라!"라는 루피의 말처럼, '여행 에세이 공저'라는 큰 산을 넘을 동료를 찾았습니다.

김상미, 김선희, 박나영, 방훈일, 선남숙, 안민관, 양아람, 유나현, 이선진, 전원택, 하미나, 한주원 작가님과 함께 작업한 삼 개월을 잊지 않겠습니다. 이제는 각자의 배를 타고 글쓰기, 책쓰기의 세상으로 항해하시기를 바랍니다.

『떠나보면 알지』는 12명의 작가별로 구성했습니다. 꿈꾸는 첫 여행, 꼭 가보고 싶은 곳, 여행작가들의 노하우까지 담았으니, 어느 페이지를 펴더라도 설레는 여행을 만나보실 수 있습니다. 저희의 여정을 함께 즐겨주셔서 감사합니다.

기획자 책먹는여자

여행은 단순히 한 곳에서 다른 곳으로 이동하는 것 이상의 의미가 있습니다. 미지의 세계를 탐험하기도 합니다. 각자의 이야기를 만들어 세상과 자신을 연결하는 기회를 창출하기도 합니다. 이 책은 여행뿐만 아니라 독자에게 하나의 이야기를 들려줍니다.

뉴욕의 번화한 거리부터 일본의 작은 마을의 조용하고 고요함에 이르기까지, 이야기에는 장소의 아름다움뿐만 아니라 내면의 여정도 반영하고 있습니다. 12명의 저자들은 독자에게 용기의 힘과 익숙한 곳에서 벗어나 예상치 못한 일을 포용하는 힘을 일깨워 줍니다. 그들은 여행을 가치 있게 만드는 웃음, 도전, 심지어 고독의 순간까지 공유합니다.

이 책을 정말 특별하게 만드는 경험은 바로 함께하는 사람입니다. 12명의 저자는 독자를 동료 여행자로 초대하여 광경, 소리, 감정을 공유합니다. 당신이 노련한 여행자이든, 첫 모험을 꿈꾸는 사람이든, 이 책은 당신이 새로운 눈으로 세상을 보고 미지의 세계로 용기 있는 첫걸음을 내딛도록 영감을 줄 것이라고 확신합니다.

닥치고 글쓰는 엔지니어 *황상열 작가*

여행은 언제나 우리에게 새로운 경험과 추억을 선사합니다. 하지만 바쁜 일상에서 여행을 떠나기란 쉽지 않은 일입니다. 이 책은 여행을 사랑하는 12명의 작가가 각자의 시선으로 여행 이야기를 풀어냈습니다. 미국에서 인디언을 만나고, 프랑스에서 빵을 먹으며, 일본에서 우동을 먹고, 영국에서 해리포터를 찾아봅니다. 누구나 할 수 있지만 당장 하지 못하는 여행 이야기를 통해 우리는 여행의 즐거움과 희로애락을 느낄 수 있습니다.

여행을 꿈꾸는 분들이라면 이 책을 읽으면서 여행을 떠나는 기분을 느껴보셨으면 좋겠습니다. 평소에 경험하지 못했던 다양한 감정을 느끼며, 새로운 영감을 얻을 수 있을 것입니다.
여행작가로 첫발을 내디딘 작가님들께도 박수를 보냅니다.

생각실천연구소 소장 *김진성*

CONTENTS

하미나

한주원

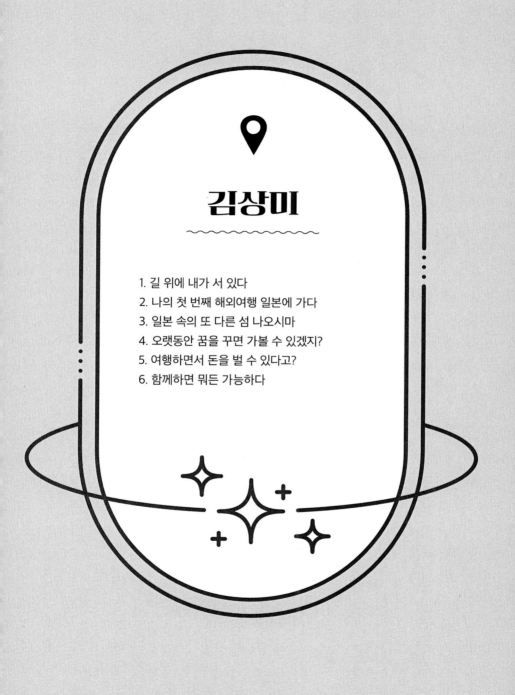

김상미

1. 길 위에 내가 서 있다

직장인이 되고 답사동호회에 가입했다. 주말이면 풍경 좋은 곳, 사찰, 문화재를 보러 다녔다. 가기 어렵다는 독도까지도 가봤다. 주말이 기다려지고 답사 가는 날이 유일하게 직장인으로서 자유를 얻는 시간이었다. 딱 거기에서 멈춰야 했는데 '여행사'라는 곳이 궁금했다. 이걸로 직업을 하면 여행을 자주 갈 줄 알았다. 하지만 나는 여행사에서 일하며 희귀질환 환자가 되어 3년을 방구석에서만 있어야 했다.

'뭐든 할 수 있고 갈 수 있다'라고 자만했다. 나는 30분 단위로 촘촘하게 계획을 세워서 여행을 다니는 스타일이었다. 다시는 못 올 여행지처럼 말이다. 사진과 글을 정리해 동호회에 올렸다. 사람들의 반응이 뜨거워지자 아예 회사를 그만두고 전국 일주를 떠났다. 전국에 있는 회원들에게 연락해 신세를 지기도 했다. 남해 다랑이 마을, 군산 선유도, 제주도 다랑쉬오름 등 길에서 만난 사람들은 선뜻 길동무도 되어 주었다. 여자 혼자 여행 다니는 나를 걱정해 주었다.

"그러다가 시집 못 가면 어쩌려고 그래. 남자들은 억센 여자 싫어해."

그랬다. 나는 아직도 결혼 못 한 반백 살이 되었다. 실제로 내가 만난 결혼 상대자는 아이들을 떼 놓고 혼자 여행을 갈 것 같다며 걱정을 사서 하기도 했다.

　지금 돌아보니 모든 건 내 선택의 결과였다. 혼자 사는 삶도 나쁘지 않다. 평범한 내 일상의 모든 게 여행이었다. 사계절이 뚜렷한 우리나라의 특성상 계절의 변화를 느낄 수 있고 집 앞에 핀 벚꽃, 백합, 국화를 보면서 또 한 해가 지나고 있음을 실감했다.

　한 번쯤은 나의 여행 이야기를 써보고 싶었다. 혈기 넘치던 나의 젊은 베르테르는 죽었을까? 아직도 살아 있을까?

2. 나의 첫 번째 해외여행 일본에 가다

　사회생활 초년기 나는 매번 회사를 찾아 헤맸다. 첫 번째 회사에서 더는 아파트신문을 만들지 않는다며 사업 자체를 접었다. 매일 구직 사이트를 들여다보며 나를 써줄 곳을 찾아 헤맸다. 태평양 사외보 편집회사에 취업했다. 〈파트너〉라는 사보를 기획 편집하는 일을 맡았다. 마감을 맞추느라 밤을 새우는 일이 많았다. 그 보상으로 잡지가 나오면 하루, 이틀 정도의 휴가가 주어졌다.

어느 날 팀장에게 불려 갔다. "회사가 좀 힘들어졌어. 2주간 무급휴가를 줄 테니깐 잠시 쉬고 올래?" 이게 웬 횡재인가? 기쁜 마음으로 여행지를 물색했다. 한참 더운 8월이었다. 어디를 가야 할까? 사진 동호회에 올라온 일본 유후인 여행기가 내 마음을 움직였다. 토토로의 마을처럼 왠지 한적한 시골이 나를 반겨주지 않을까 싶었다. 부산에서 배를 타고 후쿠오카에 가는 일정을 택했다. 후쿠오카 5일간 레일 패스도 구매했다. 후쿠오카 전역을 다닐 수 있는 JR레일패스로 아무리 비싼 열차도 이 패스 하나로 마음껏 탈 수가 있었다. 나는 미야자키, 가고시마까지 야간열차를 타고 올라오는 여행 일정을 잡았다. 기차에서 잠을 잔다는 게 얼마나 힘든 여정이었는지 그때는 몰랐다.

일본은 여름이 되면 한국보다 더 습하다. 땡볕에 돌아다니다 보면 배낭을 멘 가방 뒤로 땀이 배어 하얗게 소금 무늬를 그렸다. 동호회 사람들이 왜 일본 여행을 말렸는지 알 수 있었다. 그렇게 한낮에 관광지를 돌아보는 일은 무모한 일정이었다.

유후인의 유스호스텔을 예약했지만, 숙소까지 찾아가는 길이 만만치 않았다. 유후인 역에 내려 숙소로 전화했다. 이 당시 나는 일본어와 영어가 안 돼서 보디랭귀지로 소통할 수밖에 없었다. "유후인 스테이션, 픽업 플리즈"라고 같은 말만 반복했다. 다행히 주인장은 내 이야기를 듣고 픽업을 나와주었다. 숙소로 가는 길에서 영어로 "너 밥먹었니? 뭐라도 사 갈래?" 이 얘기를 못 알아듣고 "마이 네임 이즈 김

떠나보면 알지

상미"라는 말만 반복했다. 결국, 주인장은 내가 영어를 못한다고 생각했는지 더는 말을 시키지 않았다. 높은 산 중턱에 있는 유스호스텔은 픽업 차량이 없으면 혼자서는 절대 찾아가기 힘든 곳이었다. 작은 온천욕장이 있는 숙소로 다다미가 깔린 방을 배정받았다. 고요한 산속의 밤은 깊어만 갔다. 내일 예약한 다른 숙소를 제대로 찾아갈 수 있을지 고민하며 지도를 펼쳤다.

활화산이 아직도 분출되고 있는 아소산의 분화구를 돌아보고 또 숙소를 찾아다녔다. 이곳은 외국인을 찾아보기 힘들었다. 2층 침대가 놓인 유스호스텔은 나 혼자 전세를 낸 것만 같았다. 밤하늘의 별을 보러 밖으로 나갔다. 일본인 남자가 보이길래 어디서 물을 먹을 수 있냐고 물었다. 그는 나를 데리고 세면장으로 데려가더니 "여기, 여기서 물 받아서 먹어"라고 했다. 일본은 수돗물을 그냥 먹었다. 우리는 생수나 정수기 물을 받아서 먹는데 여기서는 누구나 수돗물을 아무런 거리낌 없이 먹고 있었다. 첫 번째 문화 충격이었다. 로마에 왔으면 로마의 법을 따라야 한다. 물 한 모금을 마셨다. 이 친구가 별을 보자며 나를 밖으로 안내했다. 아소산 중턱에 있는 이곳에서 밤하늘의 별이 쏟아졌다. 낭만적이었다. 눈앞에 있는 이 남자가 내 이상형의 남자였으면 좋았을 텐데. 우리는 간단한 대화만 주고받다가 어색하게 헤어졌다.

유후인에서 달려 남쪽의 미야자키역에 도착했다. 초밥집에서 저녁을 먹고 야간열차로 후쿠오카까지 올라가야 했다. 지나가는 아주머니를 붙잡고 여행 책자에 나온 음식점을 아느냐고 물었다. 어디인지 모르겠다고 한다. 한 무리의 남자를 붙잡고 나를 도와주라고 말했다. 그들도 비즈니스 출장으로 온 넥타이 부대라, 동네를 잘 모르는 상황이었다. "너 초밥 먹고 싶은 거야? 우리도 호텔 체크인하고 밥 먹으러 가려고 하는 데 따라올래?" 말도 안 되고 첫 해외여행이라 주눅이 들어 있었는데 반갑게 맞아주니 고마웠다. 그들을 따라 식당으로 갔다. 우리가 간 로바다야키 식당에서 그들은 한국에서 온 나를 걱정 어린 눈빛으로 쳐다봤다. 일본어로 대단하다는 말인 "스고이"를 계속 들었다. "나 얼마 전 한국 간 적 있어. 부침개 맛있게 먹었어"라며 그중에서 가장 나이가 어린 동갑내기 친구가 나의 말 상대가 됐다. 알고 보니 소니(SONY)에서 출장 온 사람들이었다. "너 대단한 기업에서 일하는구나." 친해지고 싶어 한마디 거들었다. 기차 시간이 되자 이 친구는 나를 미야자키역까지 배웅을 해주었다. 우리는 서로 이메일을 주고받았다. 한국에 돌아와서 나의 여행기를 보내주면서 일본에서의 환대에 감사함을 전했다.

나는 일주일간의 일본 여행을 통해 손짓과 발짓, 눈치로 의사소통을 해결했다. 스물일곱 살, 첫 해외여행은 그렇게 막을 내렸다. 소니에 다니는 일본인 친구와는 몇 번의 이메일을 주고받다가 끝이 났다. 해피엔딩이 아니라서 미안하지만, 이때의 경험은 또 일본 여행을 가고 싶다

떠나보면 알지

는 불씨가 되었다. 이번에는 제발 의사소통이라도 일본어로 해보자는 굳은 결심으로 서울역에 있는 〈서울통역학원〉의 문을 두들겼다.

언어를 제대로 배워서 그들과 대화하고 싶었다. 그 작은 소망이 10년이라는 시간을 공부하게 될지 이때는 몰랐다. 그 이후로 나는 〈여행박사〉라는 여행사이트를 매번 들락날락하면서 올빼미 상품, 초특가 등을 호시탐탐 노리면서 돈을 벌면 바로 일본 여행을 떠났다. 한여름의 일본 여행은 역시나 힘들었다. 지난번 여행처럼 밤마다 숙소가는 길을 헤매느라, 사람들을 붙잡고 물었다. 평소라면 절대 하지 않았을 낯선 경험이었다. 그 나라의 언어를 배우고 여행을 떠나는 건 사람과의 인연을 더 깊게 만들어 준다. 그 후로도 배운 일본어를 사용하기 위해 자주 일본 여행을 갔다.

3. 일본 속의 또 다른 섬 나오시마

일본의 작은 섬 나오시마를 들어본 적이 있는가? 한일교류회를 통해 일본 가정집 방문 상품을 알게 됐다. 여태껏 내가 가보지 않았던 시코쿠 지역을 선택했다. 다카마쓰 공항을 통해 시코쿠로 이동했다. 이 동네는 무라카미 하루키의 책에도 등장한 사누키 우동의 성지이다. 하루키 책을 보면 텃밭에서 대파를 뽑아 본인이 직접 칼질하고 우동에 파를 뿌려 먹는다는 내용이 나온다. 그 우동집은 관광버스로 연일 줄이 이어지고 있다. 현재는 유명세로 인해 파를 직접 뽑지는 않고 미리 준비된 파를 뿌려서 먹는다. 라면집이라고는 눈을 씻고 봐도 보이지 않는 우동의 도시, 가는 곳마다 우동집밖에 안 보인다. 공항에서부터 우동 다시를 맛볼 수 있게 준비되어 있다.

나는 일주일 간격으로 두 개의 가정을 체험해 볼 수 있었다. 부채를 들고 마중 나온 게스트는 젊은 여자분이었다. 수줍은 한국어로 "안녕하세요." 인사를 건넸다. 방문할 가정의 호스트 가족사진과 내용을 미리 봤기에 얼굴은 익숙했다. 여덟 살 초등학교 1학년 남학생과 다섯 살 아들을 키우고 있는 전형적인 중산층 가정이었다. 차로 이동하는 내내 한국어 공부 CD가 흘러나왔다. 〈한국 사람과 만나서 인사하기〉, 〈의사소통하기〉 이런 주제의 내용이었다. 도착한 곳은 주인이 직접 설계해서 지은 집이었다. 1층의 거실에 미닫이문을 달아 만든 다다미방이 곧 내 방이 되었다. 아이들은 내가 신기한지 '미미'라는 닉네임을 부르며 나와 같이 자겠다고 생떼를 썼다. 미리 준비한 과자 선물을 주며 아이들을 달랬다. 평소 이런 걸 먹어보지 못했는지 "미미, 아리가토"라면서 엄마에게 달려간다.

일본 가정집 체험이 꽤 괜찮다. 일주일 뒤 나는 다른 가정으로 또

떠나보면 알지

배정되었다. 이번에 묵은 곳은 60대 노부부의 집이었다. 방 한가운데 불당이 마련되어 있고 딸 사진이 있었다. 고3 때 백혈병으로 짧은 생을 마감했다고 한다. 나는 딸이 쓰던 이층 방에서 생활했다. 이 집에는 어떤 이야기가 숨어있을까? 무더운 8월, 딸의 영혼을 달래기 위해 스님이 방문했다. 집안에 불당을 모시고 딸의 장례식 기일에 스님을 집으로 모셔서 축원한다는 거 자체가 신기했다. 딸과 함께 사는 기분이었다. 아침에 일어나서 불단에 두 손을 모으고 딸에게 인사부터 시작한다. 일본은 성년이 되면 기모노를 입고 사진을 찍는데 그걸 하지 못했다고 한다. 그래서 복원 사진으로 기모노를 입고 환한 웃음을 짓고 있는 딸의 모습을 구현해 놓았다. 잠시 그 방에서 낮잠을 잔 적이 있다. 창문을 열지 않았는데 스산한 바람이 불면서 으스스한 소리가 들렸다. "누구지?"라면서 놀라 잠에서 깼다. 그 이야기를 안주인에게 하니 딸이 다녀간 것 같다고 했다. 부부는 실제 딸이 아직도 자신들과 같이 살고 있다고 믿고 있었다.

내가 굳이 시코쿠 지역을 선택한 건 나오시마라는 섬을 꼭 가보고 싶었기 때문이다. 다카마쓰에서 배를 타고 40분 정도 걸려서 도착한 나오시마는 '예술의 섬'이라고 불릴 만큼 미술관들이 많다. 안도 다다오가 설계한 지추미술관과 베네세하우스가 있는 곳이기도 하다. 일본인보다 외국인이 더 많아서 외국 여행을 온 것 같았다. 식당에 가도 일본어 메뉴판이 아닌 영어 메뉴판이 나왔다. 이곳은 원래 쓰레기

섬으로 유명했다. 일본의 베네타라는 그룹이 섬 일부분을 사들여 섬 재생 프로그램의 하나로, 전국의 유명한 건축가나 설치 미술관을 불러들여 자신만의 빈집 프로젝트를 만들었다. 집 하나가 그 작가의 예술공간으로, 작가의 예술성으로 꾸며져 있었다. 스탬프로 하나씩 도장 깨기를 하면서 예술 작품을 감상했다.

나오시마를 대표하는 명물은 바로 호박이다. 설치미술가 쿠사마야오이의 무당벌레 빨강 호박이 배에서 내리자마자 나를 반겨준다. 어디를 둘러봐도 설치 미술 작품들이 섬 여기저기 흩어져 있다. 평소 미술관 투어를 좋아하는 사람이라면 이곳을 꼭 가봐야 한다. 게스트하우스에 머물며 근처 인근 섬을 또다시 구경하고 싶은 마음이 들었다. 일본인 친구도 이야기했다. "이곳은 일본의 섬이 아니야. 실제 외국인의 방문이 더 많으니까."

〈아이러브 목욕탕〉도 인상적이었다. 목욕탕 안에 대형 코끼리가 천장 안에 매달려 나를 반겨준다. 각 탕 안에 푸르른 타일 조각 예술 작품이 그려져 있어 여기가 동남아가 아닌가 싶었다. 우리가 상상한 것을 깨부수는 곳, 목욕탕 하나도 예술 작품이 되는 곳이었다.

이곳에서 수상한 전단지를 발견했다. 나오시마 섬의 미혼 남자들의 단체 미팅 공개 구혼이 진행된다는 것이었다. '이 섬에도 미혼 남자가

떠나보면 알지

넘쳐나는구나!'라고 생각했다. 우리가 농촌 총각을 피하는 것처럼 어디든 남자들의 결혼 문제는 심각하다. 예술가의 섬을 동경하는 아리따운 여성들이 많이 참가하기를 바란다.

이곳은 잠시 해외여행을 다녀온 것처럼 어디를 봐도 외국인이 넘쳐나는 관광특구이다. 빛의 예술가 안도 다다오의 작품 지추미술관은 사전 예약을 통해서만 입장이 가능하다. 예술을 사랑하는가? 일본에서 색다른 여행지를 찾고 싶은가? 우동의 섬 시코쿠에 꼭 방문해 보기를 바란다. 한때 일본 전문 여행가를 꿈꾸기도 했다. 원령공주의 배경이 된 야쿠시마도 꼭 가보고 싶다. 꿈을 꾸면, 내가 설정한 내비게이션처럼 언젠가 그곳에 도착할 것이다.

4. 오랫동안 꿈을 꾸면 가볼 수 있겠지?

어느 날 터키의 카파도키아 버섯마을 사진을 보고 심장이 뛰었다. ('튀르키예'로 변경되었으나, 필자가 다녀온 시절의 터키 그대로 사용함) 자료 조사를 다 하고 이 지역에 열기구 상품이 있는 걸 알게 되었다. 새벽이 되기 전 사람들을 실은 열기구가 하늘로 두둥실 떠오른다. 수많은 열기구가 하늘을 날며 버섯마을을 한 바퀴 돈다. 동이 트는 새벽 아침 알록달록 열기구를 타고 버섯마을을 내려다보는 기분은 어떨까? 열기구 탑승 비용은 40~50만 원 정도이지만 투자할 가치가 있다. 가격이 다소 비싸더라도 어디서 내가 이런 풍경을 볼 수 있을까? 엄마와 함께 이곳을 가고 싶다고 생각한 지가 벌써 20년이 넘었다. 점점 더 쇠약해지는 엄마가 좀 더 버텨주면 좋겠다.

터키 관련 여행책을 한동안 보기 시작했다. 터키에서 자신을 쫓아다니던 현지 남자가 공개 구혼을 하면서 터키인과 결혼을 꿈꿨던 여성의 이야기였다. 터키 여행을 가면 한국 여자들을 보면 막 돌진한다는데 정말일까? "너의 부모님은 도둑이다. 너 같은 이쁜 딸을 낳다니 말이야." 닭살 돋친 말을 서슴지 않고 말한다고 한다. 한국으로 떠난 여자 친구를 찾으러 오기 위해 한국행을 선택한 남자 친구는 결국 오지 못했다고 한다. 교통사고로 짧은 생을 마감했다는 이야기를 들었을 때 가슴이 아팠다.

떠나보면 알지

층층의 다랑이논 같은 소금으로 이루어진 천연 온수 풀 파묵칼레가 터키 여행의 2순위 후보다. 수영도 할 수 있다고 한다. 아시아와 유럽의 중간에 있는 터키, 동양과 서양의 문화가 섞여 있는 곳이다. 터키 여행을 다녀온 중년의 남자분을 잠시 만난 적이 있다. 터키를 아직 가보지 않은 나에게 이렇게 말했다. "아니 어떻게 터키 여행 지역을 줄줄 꿰고 있어요? 다녀온 사람처럼 말하네." 여행을 가려고 스크랩했기에 관광 지역을 이미 알고 있는 것이었다. 동남아 일본, 태국만 주야장천 다닌 나에게 터키는 멀게만 느껴진다.

육아 사이트 해오름에서 오소희 작가의 『바람이 우리를 데려다주겠지』라는 터키 여행기를 보고 또 심장이 뛰었다. 22개월의 아들 JB와 함께하는 여행은 느림보 거북이었다. 아이가 울고 보채면 현지에 더 머무를 수밖에 없고, 현지 아이들과 축구 시합을 하고 싶다고 하면 그렇게 하도록 내버려 두었다. 오소희 작가와 아들은 어릴 때부터 영어로 의사소통해서 터키 현지인과 아들이 영어로 이야기하는 게 어렵지 않다니, 오소희 작가의 육아 방식이 너무나 궁금했다. 글이 너무 좋아서 책으로 엮으면 좋겠다는 생각에 지인인 출판사 편집장에게 이 원고를 보라고 알려줬다. 나는 이때 책의 기획자가 1%의 인세 수입을 가져간다는 이야기를 처음 들었다. 이제 막 사회생활을 시작한 나는 작가를 발굴하고 그 사람의 원고를 책으로 엮어주는 출판 기획자가 되어 볼까도 생각했다. 결국은 실행에 옮기지 못했다. 훗날 내가 본 원고가 책으로 나왔을 때 얼마나 좋았는지 모른다.

오소희 작가는 라오스 여행기 『욕망이 멈추는 곳, 라오스』, 아프리카 여행기 『하쿠나마타타 우리 같이 춤출래?』 등을 내면서 여행작가로 자리를 잡아갔다. 내가 도와주지 않아도 이분은 잘 될 사람이었다. 여행하면서 짧은 메모를 하면서 최대한 현지에서 받은 영감이나 생생한 상황묘사를 잘 풀어내는 게 작가의 장점이었다. 아이의 엉뚱한 행동을 보는 것도 재미있었다. 그 아이가 커서 지금은 고등학생이 되었겠지? 그녀의 여행기에는 현지에서 만난 사람에 대한 따뜻한 이야기가 넘쳐난다. 지금은 육아공동체 사업을 하고 있다고 하니 역시 그녀다운 발상이다.

누군가는 꿈으로 끝나지만 다른 누군가는 그걸 현실로 실행으로 옮기는 사람이 있다. 그것도 아이와 함께 말이다. 이 책의 마지막에 아이는 울고 떼쓰고 아무 데서나 자고 여행 일정이 틀어진 것에 대해서 작가인 엄마에게 미안함을 표시한다. "엄마, 여행할 동안 나한테 잘해줘서 고마워." 아이도 알고 있다. 엄마가 자기와 함께 여행하는 것에 대해서 얼마나 많이 참고 인내했는지 말이다. 오소희 작가는 아이들 교육에도 관심이 많아서 여행책 이외에도 『엄마 내공』, 『엄마의 20년』, 『내 눈앞의 한 사람』 등 여성의 자아 찾기 책도 펴냈다. 가끔가다 이렇게 글발이 좋은 작가를 보면 내심 부러웠다. 나는 언제 이렇게 쓸 수 있을까?

여행이 좋아서 여행사에서 3년 넘게 일했다. 해외 리조트 답사를 다녀온 후 상품을 만들어 홈페이지에 올리기도 했다. 그래서 나는 글을 쓰거나 나의 이야기를 하는 게 한결 편하다. 새해 오키나와 4박 5일 여행상품이 땡처리로 숙박과 항공 포함 15만 원에 나온 적이 있다. 이때도 나는 가슴이 뛰었다. "이건 가야 해." 실장님에게 휴가를 달라고 했다. 거절당했다. 사표를 쓰고 가라고 한다. 나는 새로운 직장에 적응하지 못한 채로 과감히 사표를 쓰고 오키나와 여행을 떠났다. 그렇게 나의 젊은 시절은 무모함, 그 자체였다. 일자리는 언제든 구할 수 있다는 믿음이 컸다.

하지만 나도 나이가 들었는지 유유자적 무라카미 하루키처럼 한 도시에서 한달살이하면서 아침에는 건강 달리기를 하고 오후에는 글 쓰는 삶을 꿈꿔본다. 나는 그곳이 한국이든 해외이든 매일 뭔가를 써야 하는 크리에이터 삶을 살고 있을 것이다. 때로는 말보다 글이 더 편할 때가 있다. 여행도 하면 할수록 요령이 생기고 글도 쓰면 쓸수록 근육이 생긴다. 나의 50대 인생 후반기에는 어떤 삶이 기다리고 있을까? 30대 중반부터 아파서 여행과는 담을 쌓고 살았고, 40대는 네일샵을 운영하며 자영업자로서 하루 생계가 막막했다. 나의 찬란한 50대 어서 와. 우리 멋지게 놀아보자.

5. 여행하면서 돈을 벌 수 있다고?

나는 여행을 가고 싶을 때면 도서관에 간다. 가고 싶은 도시명이나 나라에 대해 쓰여 있는 책을 우선 목록을 뽑고 다 훑어본다. 그중에서 가장 도움이 될 만한 책을 한두 권 빌려서 읽는다. 보통 도서관 책 대여는 이주일이고 이후 일주일 연장이 가능하다. 책을 완독하지 못했다면 반납하고 책을 산다. 여행기를 읽으면서 맛집이나 숙소 선택에 도움을 얻는다. 작가의 SNS가 있다면, 책이 도움이 되었다는 말과

떠나보면 알지

함께 잘 다녀오겠다는 메일을 써서 보낸다. 그러면 작가는 책에 나와 있지도 않은 정보를 덤으로 알려준다.

여행을 다녀와서 여행기를 쓰면서 그 추억을 다시 한번 상기시킨다. 다음에 그 지역을 갈 사람을 위해서 말이다. "잘 다녀왔어요. 도움이 되었습니다."라는 말을 들을 때마다 뿌듯하다. 요즘에는 여행기도 전자책으로 판매할 수 있는 시대이다. 20년 전에는 여행 동호회 게시판에 여행 후기를 올리면 베스트 후기를 뽑아 호텔 숙박권이나 30만 원 상당의 경품을 협찬받기도 했다. 틈이 나는 대로 여행 사진 공모전이나 여행 후기 게시판을 찾아보자. 여행은 떠나기 전 사전 여행, 본 여행, 갔다 온 후의 후기 여행 3가지로 나뉜다. 떠나기 전부터 여행 기획서만으로 기업체 후원을 받아서 여행 후 책이 출간되는 경우도 봤다. 꼼꼼한 여행 준비 전략은 오히려 여행하면서 돈을 받고 다닐 수가 있다.

유아인과 떠나는 요트투어 스크래치 복권을 긁었더니 1등 요트투어에 당첨되었다. 심장이 떨렸다. 유아인 배우의 일정상 요트투어는 무산되었다. 대신 롯데 JTBC 여행사 상품권 150만 원을 제세 공과금 없이 받았다. 상품권으로 일본 네일 자격증 시험 보러 갈 때마다 항공권 예약권으로 잘 사용했다. 두 눈을 크게 뜨고 여행 공모전, 이벤트를 찾아서 응모해 보자. 내가 덜컥 1등 당첨자가 될지 아무도 모른다. 이 외에도 여행잡지 후기나 사진 공모전으로 디지털카메라를 받은 적도 있다. 내가 찾고 응모하는 만큼 당첨률은 올라가기 마련이다.

여러분에게도 행운의 신이 찾아오기를 바란다. 스스로 찾는 자에게 기회는 늘 열려있다.

6. 함께하면 뭐든 가능하다

함께하는 공저 작업은 마감 기한 때문에, 서로에게 피해를 주지 않기 위해 예정된 날짜에 어떻게든 글쓰기가 끝난다. 신기하다. 과거로 거슬러 올라가 내가 여행했던 시절의 글들을 보니 새록새록 기억이 떠오른다. 여행은 과거를 추억하고 현재의 삶에서 꿈을 꾸면서 내가 거기에 가 있을 거라고 삶의 희망을 준다.

나는 어디서 또다시 여행을 시작할지 모르겠다. 젊었을 때는 무대뽀 여행을 선호했다. 이제는 한 지역에서 오래 머무는 여행을 선호한다. 여행 공저를 준비해 준 최서연 작가, 짝꿍 퇴고를 맡아준 작가, 함께 작업한 분들에게 감사 인사를 전한다.

우리는 또 삶을 살아갈 것이고 여행을 떠날 것이다. 꼭 해외가 아니어도 국내 여행, 주말여행으로도 충분히 즐길 수 있다. 최근 내가 빠져 있는 마라톤도 하나의 여행이다. 좋은 마라톤 코스들은 다 지방에 있어서 버스, 기차 등 이동할 때부터 여행의 설렘은 시작된다. 몸이 건강하다면 우리는 언제든 떠날 수 있다.

꿈을 꾸자. 그리고 망설이지 말자. 내가 만나게 될 새로운 인연의 친구들이 기다리고 있다.

여자라고 여행을 포기하지 말자!

행동하는 자가 승리한다.

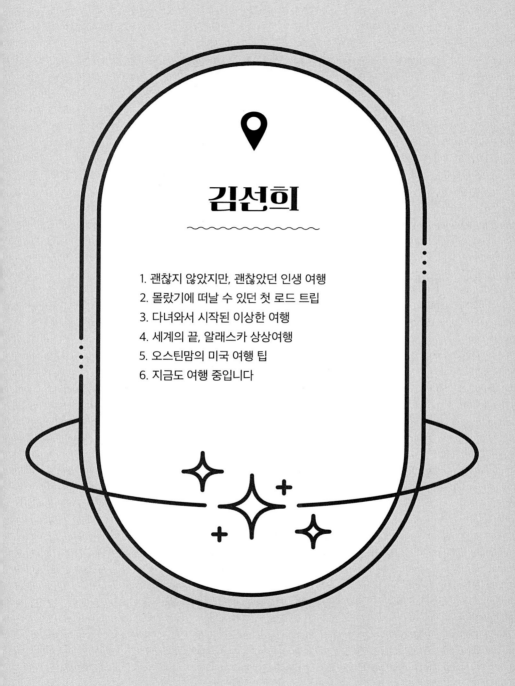

김선희

1. 괜찮지 않았지만, 괜찮았던 인생 여행

562일의 미국살이가 끝이 났다. 느닷없이 미국에 가게 되었고, 새로운 일상이 익숙해질 만하니 돌아왔다. 계획에 없던 인생 여행을 마치고 온 직후라 '정말 내가 미국 14개 주 30곳 이상을 다녔던 사람이 맞나'라는 생각이 들 정도로 헷갈린다. 유난히 순대국밥이 그리웠던 날도 있고, 살아내야 했던 '오스틴맘' 역할이 내 옷이 아닌 것 같아 벗어던지고 싶었던 적도 여러 번이다. 그래도 빛나는 파란 하늘과 붉은 석양을 마음껏 볼 수 있었고, 낯선 땅에서 생긴 추억 덕분에 앞으로 10년은 여행 안 가도 되겠다며 웃는다.

나에게 미국이란 자유롭지만 불안하고, 지루한 일상을 살아야 하는 곳이었다. 바쁘게 재촉하던 한국의 삶에서 벗어나지 못해 힘들었다. 그래서 한국 집순이가 미국에서는 편안한 일상을 깨고 새로운 공간을 계속 찾았다. 집 앞에 잠깐 나가더라도 이것저것 다 챙기는 불안쟁이가 배낭 하나 메고 네 번의 비행기를 타며 여러 곳을 다닌 게 신기하다.

이 글은 미국 인생 여행을 잊기 전에 쓰는 사사로운 기록이며, 심장의 어떤 부분이 찌릿한데 그 이유를 알지 못하는 '현재'의 내가 '미래'의 나에게 보내는 편지이다. 더 나아가 '과거'의 나처럼 새로운 일을 시작하기 망설이는 이들에게 보내는 애정 표현이다. 직접 경험해 보기 전에는 커다란 부담이고 용기가 필요한 일인 걸 알기에 내 여행기가 작은 도움이 되길 바란다.

2. 몰랐기에 떠날 수 있던 첫 로드 트립

미국의 그랜드캐니언을 꼭 봐야 하겠다거나, 지질학적으로 뛰어난 자연을 보겠다거나, 여행을 통해 아이에게 깨우침을 주겠다는 거창한 목적은 없었다. 한국에서 온 이삿짐을 정리하니 봄 방학이라 주말을 포함해 9일을 쉰다고 해서 집을 나섰을 뿐이다.

로드 트립이란 말 그대로 '장거리 자동차 여행'이다. 매우 넓고 다양한 지형을 가지고 있어 차로 다녀야 산, 사막, 해안, 국립공원 등을 가까이서 볼 수 있다. 큰 도시를 벗어나면 대중교통으로 이동하기 매우 불편하다. 비행기를 타더라도 차를 빌려야 자유롭게 다닐 수 있다. 미국 내 이동하는 항공권은 비싼 편인 반면, 도로는 통행료가 거의 없다. 시간에 구애받지 않고 원하는 대로 여행 계획을 수정할 수 있어 많은 미국인이 즐기는 여행 방식이다.

평소에 자연을 좋아하는 캠핑족이라면 미국 로드 트립은 환상적인 여행이 될 것이다. 애석하게도 우리 가족은 한국에서도 캠핑한 적이 없으며 같이 간 일행 또한 미국 여행 초보자들이었다. 그러기에 6일 동안 삼천 마일을 다닌다는 게 무모한 일정인지도 몰랐다. 삼천 마일이란 약 사천팔백 킬로미터로 서울역에서 부산역까지 6번을 왕복한 거리다. 우리는 여행 내내 매일 부산을 왕복하듯 멕시코주와 에리조나주를 누비고 다녔다.

첫날 화이트 샌드(White Sand)까지 12시간을 달렸다. 새벽에 출발하여 이동하며 음식을 먹고, Rest Area에서 라면 한 번 끓여 먹으며 부지런히 갔다. 화이트 샌드는 석양이 장관이라는데 날씨가 흐려 해지는 걸 볼 수 없었다. 하지만 하얀 모래사막 위에서 찍은 사진은 그냥 예술이었고, 썰매를 타고 뒹굴며 즐거웠다. 모래가 내 입과 귓속까지 잔뜩 들어간 후 그곳을 나왔다. 샤워도 하고 싶고, 배가 고파서 뭘 먹고 싶어도 빨리 갈 수 없었다. 주변이 가로등 없이 깜깜하고 야생동물이 어디서 튀어나올지 몰라, 밤 운전은 위험했다. 또한 한국과 달리 미국 대부분의 식당은 일찍 영업이 끝난다. 즉석밥을 고작 세 개 챙겼는데, 아시아 음식을 파는 식당이나 H 마트가 없었다. 한국은 우리가 먹을 수 있는 식당이 많고 휴게소도 잘 되어 있어서 이럴 줄은 몰랐다. 그렇게 14시간 이상을 차로 이동하며 월마트 음식으로 허기만 달래고 잠이 들었다.

둘째 날은 세도나(Sedona)에 갔다. 급히 쫓아간 여행이라 '세도나'라는 지명도 처음 들었고 일정도 몰랐다. 지구에서 기가 가장 세다는 붉은 흙이 아들의 흰 티셔츠와 베이지 면바지를 붉게 물들였다. 나는 심지어 네발로 기어서 험한 바위를 올랐다. 옷이 더러워지고 힘들어도 기를 꽉꽉 받아서 좋아해야 할지 아닐지 모르지만, 그렇게 도착한 정상에서 붉은 암석과 파란 하늘을 보는데 뿌듯함, 절경, 경이로움이 밀려왔다. 내가 알고 있던 모든 형용사를 쓸모없게 만들기에 충분했다. 미국에 오기 싫었고, 함께 온 일행과도 어색했고, 배까지 고팠지만, 세도나는 이것을 다 잊게 했다.

셋째 날은 그 유명한 그랜드캐니언(Grand Canyon)에 갔다. 숙소와 가까워서 금방 도착할 줄 알았다. 그런데 동서남북에서 모여든 차로 인해서 북새통이다. 어디가 입구인지 알 수 없고 그냥 주차장이다. 비싼 헬기 투어를 하는 사람들이 보인다. 날아가는 모습이 부러웠고, 기다림에 지쳐갔다. 입장해서 눈앞에 멋진 광경이 펼쳐졌는데도 별 감흥이 없었다. 기대가 컸던 것일까? 입장하기 전에 에너지를 다 쓴 것일까? 지금 생각하니 아쉽다. 다시 간다면 버스를 타고 올라가서 보는 뷰포인트 관광이 아니라, 하이킹을 하며 협곡과 절벽을 가까이서 보고 싶다.

넷째 날은 인디언 보호 구역 관광 일정이었다. 미국에서 가장 큰 인디언 보호 구역으로 나바호(Navajo)족이 거주하는 지역으로 들어갔다. 다르게 말하자면 나바호 구역의 규칙과 법에 따라야 하는 곳이며, 나바호 가이드 없이 들어갈 수 없는 곳이다. 예약이 필수이기에 여행 일주일 전에 오전 9시로 예약했다. 엔탈롭 캐니언을 가면서 시계를 보니, 시간이 이상했다. 오전 8시 30분에서 9시 30분으로 바뀌었다. 한국과 달리 미국은 시차가 6개라는 걸 예상하지 못했다. 그곳 기준으로는 10시가 되어 가는데 이를 어쩌나? 집에서 이틀을 달려야 도착하는 곳을 못 보고 간다니 식은땀이 난다. 주차하고 급히 매표소로 뛰어갔다. 이런 경우가 많은 건지 원래 무덤덤한 스타일인지 모르겠지만 직원은 별 반응이 없다. 영어도 잘 못하고 당황한 우리에게 나바호 가이드가 와서 도움을 줬다. 다행히 컴퓨터 바탕화면에 나오는 환상적인 협곡과 좁은 틈을 통해 빛이 들어오는 침식 사암을 볼 수 있었다.

다섯째 날은 일행과 헤어지고 우리 가족만 산타페(Santafe)로 갔다. 뉴멕시코주의 수도로 미국에서 가장 오래된 집이 있는 역사 깊은 곳이다. 애리조나주는 더운 사막 풍경이라면, 산타페는 강원도 가을 산 느낌이었다. 이곳을 오기 전에는 산타페란 한국 자동차 이름이었는데, 이제 나에게 산타페는 어도비 양식의 예쁜 호텔과 모닥불이 떠오르는 곳이 되었다. 미국인들의 예술과 문화 중심지이며, 스페인 식민지였던 멕시코 땅이었다. 거기에 전통 아메리카 원주민들의 문화가 섞여 독특한 느낌이 났다.

　여섯째 날은 주변에서 아무도 가지 않는 러벅(Lubbuck)을 즐겼다. 관광지도 아니었고 집까지 한 번에 12시간을 운전하기 부담스러워서 중간에 들린 곳이었다. 여행 마지막 날이라 피곤했지만 아쉬워서 대학교 전시회를 들렀다. 아들이 구글에서 찾은 곳이라 기대 없이 들어갔는데 자연사 박물관처럼 잘 꾸며 놓았다. 거대한 공룡 화석들부터 텍사스 역사, 질문을 던지는 그림들이 전시되어 있었다. 아들은 본인이 찾은 곳이 흡족해서 신나게 다녔다. 나는 미국 여행의 환상이 깨져 넋이 나간 상태였는데, 러벅에서 크고 자유롭지만 철학적인 미국을 볼 수 있어 좋았다.

　멀쩡한 집을 두고 나가서 달리고, 차에 기름 넣고 중간에 라면 끓여 먹고 또 달렸다. 집에 돌아가고 싶어도 이미 멀리 왔고 유명한 곳은 가야겠고, 쌀밥 먹을 곳이 없어서 밀가루만 먹는 날들이었다. 집에 와서는 다신 로드 트립을 가지 않겠다고 다짐했지만, 그 말은 금방 거짓말이 되고 말았다. 잔잔한 바다에서는 위대한 뱃사공이 만들어지지 않는다. 첫 여행에서 거센 파도를 맞았기에 그 후로 덜 부담스러운 운전 계획과 치밀한 노력이 더해졌다. 여행 경력이 쌓일수록 남편과 나는 역할을 분담해 착착 준비하고 때론 적은 비용으로 여행을 다녀오기도 했다. 첫 로드 트립을 가지 않았다면, 우리 가족은 미국에서 어떻게 살았을지 지금도 가끔 궁금해진다.

3. 다녀와서 시작된 이상한 여행

미국이라는 큰 땅에서 동쪽 바다 귀퉁이 작은 섬이 있다. 이곳은 세상 사람들을 열광하게 하며 음악과 미술, 문화와 자본주의가 거대하게 자란다. 바로 뉴욕이다. 텍사스 오스틴에서 장거리 자동차 여행으로 갈 수 없어 미국에서 첫 국내선을 이용해 떠났다.

비행기에 개가 앉아 있었다. 깜짝 놀라며 '반려견도 같이 탈 수 있구나.' 생각했다. 더 놀라운 것은 아무렇지 않아 하는 미국 사람들의 반응이었다. 좁은 비행기 안에서 다른 집 개와 자연스럽게 있는 게 아닌가? 이 상황을 받아들이지 못하고 나는 힐끔힐끔 그들을 바라봤다. 이건 문화 충격일까, 내가 꼰대여서 그럴까?

또한 미국 국내선은 음료를 제외한 음식 대부분을 반입할 수 있다. 뉴욕 비행 때 이 사실을 알고 텀블러와 김밥, 과일을 챙기게 되었다.

처음 만난 나의 뉴욕은 아름답지 않았다. 여행을 가기 전 들떠서 미국 드라마 속의 뉴요커처럼 무채색 옷을 챙겼다. 현실은 뉴요커보다 화려한 옷을 입은 관광객이 더 많았다. 타임스퀘어 주변은 다양한 인종과 계층의 사람들, 차들로 엉키어 복잡했다. 그런데 우리는 미국 하면 뉴욕이 떠오르면서 가고 싶어 할까?
뉴욕은 다양함이 모여 있는 곳이다. 세상의 모든 언어를 들을 수 있으며, 경제의 중심 도시일 뿐만 아니라 음악과 미술, 문화와 관광의 중심지이다. 월스트리트는 국제 금융 시장의 중심지로 뉴욕증권거래소와 나스닥이 있고, 관광객들이 '성난 황소의 불알을 만지겠다고 하루 종일 줄을 선다. 미술관과 박물관이 많아 취향에 따라 골라서 관람할 수 있다. 대표적으로 메트로폴리탄 미술관, 뉴욕현대미술관(모마), 구겐하임 미술관이 있으며 곳곳에 작은 미술관도 만날 수 있다.

화려한 브로드웨이 뮤지컬은 두말할 필요도 없다.

뉴욕은 아이러니하다. 잿빛 콘크리트 건물 속에 낭만적인 초록 나무들이 함께 산다. 초고층 건물이 만들어 준 그늘에 쉴 수 있으며, 다리가 아프면 어김없이 공원이 나타난다. 또한 세계에서 물가가 제일 비싼 도시로, 가지지 못한 자의 빈곤과 많이 가진 자들의 사치가 공존한다. 99센트 피자집과 고기 한 덩이에 100달러가 넘는 스테이크 집에는 똑같이 사람들이 북적인다. 건물은 어떠한가? 고집스럽게 옛 것을 유지하며 하늘을 향해 더 높이 올리겠다는 공사가 일 년 내내 진행된다.

뉴욕은 분주하다. 토막토막 반듯하게 나눠진 스트리트와 애비뉴에 많은 사람이 다니고 있다. 서울 강남 느낌이다. 빠르게 돌아가는 라이프 스타일과 치열한 환경이고, 다른 지역보다 세금을 훨씬 많이 납부해야 한다. 뉴욕에서 버틸 수 있다면 세계 어느 곳에서도 살아남을 수 있다고 한다. 뉴욕 부자는 진짜 부자라는데 대체 얼마가 있어야 가능할까? '위대한 개츠비'의 저택에서 살 수 있다면 뉴욕 부자가 맞겠지? 야망가들과 자본가들, 예술가들이 모인 뉴욕은 활활 타오르는 용광로가 되어 24시간 잠이 들지 않고 늘 바쁘다.

뉴욕 여행을 다녀와서 한동안 생각났던 것이 길 여기저기에 생긴 더러운 물웅덩이였다. 비슷한 시기에 뉴욕 여행을 다녀온 지인들이 꽤 있었지만 아무도 그것에 대해 이야기하지 않았다. 나만 더러운 웅덩이를 신경 쓰고 다녔던 것일까? 뉴욕의 길에서 하얀 연기가 나오는 건 알았다. 건물에서 난방과 온수를 제공하기 위해서 지하 파이프를 통해 열을 전달하는데 이 과정에서 하얀 연기가 길 위로 올라온다. 하지만 길 여기저기에 더러운 웅덩이가 많은 건 몰랐다.

웅덩이가 왜 많을까 알아봤더니 노숙자와 관광객, 가게 상인들이 만들어 낸 합작품이었다. 뉴욕 타임스퀘어 주변은 노숙자가 많이 살고 있다. 우리가 갔을 때는 여름이라서 더 많았는지 모르겠다. 그들이 길에서 씻고 싸는 행위가 주변 상점 유리를 더럽힌다. 상인들은 아침이면 부지런히 가게 문과 상점 유리를 물로 청소한다. 점심과 저녁 때 손님을 맞이하기 위한 루틴이다. 그런데 가게를 청소한 물이 인도와 도로로 흘러가고 기름때가 잔뜩 끼어 검게 변한다. 분명 관광객들을 위해 깨끗한 가게를 만든 것인데 나 같은 사람은 그 웅덩이를 밟을까 봐 겁나서 바닥만 보고 상점에 전시된 상품이나 간판을 못 보게 된 것이다.

뉴욕 여행을 할 때는 뉴욕이 좋은 걸 몰랐다. 하지만 집에 와서 센트럴 파크와 덤보, 브루클린 브릿지, 자유의 여신상 등에서 찍은 사진을 보니 그립고 아쉽다. 어찌 보면 뉴욕을 다녀와서 진짜 뉴욕 여행이 시작되었다. 몸은 그곳에 없지만, 나는 뉴욕에게 계속 질문을 던지며 나만의 답을 찾고 있다. 문화와 경제, 예술이 혼재되어 시끌시끌한 그곳에서 어떤 새로운 것이 나올까 기대된다.

김선희

4. 세계의 끝, 알래스카 상상 여행

에스키모가 떠오르는 알래스카는 원래 러시아 영토였다. 그 가치를 알지 못한 러시아가 1867년 헐값으로 미국에 팔아버렸다. 미국에서는 '값비싼 냉장고'를 샀다고 반대 여론이 들끓었고, 거래 과정이 순조롭지 못했다. 하지만 지금은 미국의 복덩이 땅이다. 미국 영토의 5분의 1을 차지하며 풍부한 자원의 저장고이다. 얼음 밑에 석탄과 석유, 천연가스와 금 등이 묻혀있다.

밴쿠버 공항으로 떠나자. 가격과 시간이 괜찮다면 경유도 좋고, 비싸도 직항이 낫다면 그렇게 가면 된다. 중요한 것은 알래스카 크루즈를 위해 5~9월 중 떠나야 하는 것이다. 밴쿠버 공항에 내리면 차이나타운으로 가 맛있는 딤섬을 먹자. 홍콩이 중국에 반환될 때 셰프들이 밴쿠버로 이주하거나 스카우트가 되었다고 들었다. 그들이 머물다 간 흔적인 딤섬이다. 그 이유가 아니어도 아메리카에서 중식은 한국인 입맛에 맞는다. 배부르게 먹고 밴쿠버 시내를 구경하며 많이 걷자. 그리고 시간에 맞춰 알래스카 크루즈에 탑승하여 한숨 늘어지게 자자.

이제 내가 가장 기다리던 시간이다. 자고 싶은 만큼 자고 일어나 약간의 알코올을 섭취하는 것! 해가 중천이어도 상관없다. 크루즈 여행이니 운전할 걱정이 없다. 알래스카는 추우니까 알코올은 당연히 필요하다. 여행 중 과음을 좋아하지 않지만, 기분이 들뜰 정도의 알코

떠나보면 알지

올을 몸에 넣으면 여행을 더 즐길 수 있다고 믿는다.

다양한 음식을 먹자. 이번 여행은 밥걱정할 필요가 없다. 미국 여행을 갈 때 간식과 한식을 만들 재료를 챙겼었다. 그렇지 않으면 배고프거나 느끼한 여행이 되고 팁까지 포함해 비싼 외식비를 감당해야 했다. 그러나 크루즈는 무한 뷔페나 다이닝 레스토랑, 룸서비스가 가능한 호텔이다. 상황에 맞게, 당기는 음식에 따라 팍팍 먹어보자. 남이 해주는 밥이라 맛있으니 살찔 각오는 해야겠다.

기항지에 도착하면 하이라이트인 빙하를 봐야 한다. 이 여행을 떠나게 만든 존재이다. 속살을 드러낸 주변 산맥도 과거에는 빙하로 덮여 있었을 텐데 빙하가 녹고 있다. 어쩌면 빠른 미래에는 빙하를 찾아 여행하는 일이 없어질지도 모른다. 선택 관광인 헬기 투어로 빙하를 가까이 볼 수 있다고 한다. 하지만 이것 또한 죄책감이 든다. 인간의 욕심으로 발생한 지구 온난화이기에 멋진 자연을 눈으로 즐기고 스스로 검열하자.

남에게 피해를 주지 않는 한, 하고 싶은 걸 하자. 공연과 영화도 맘껏 보자. 추워서 얼마나 놀 수 있을지 모르지만, 수영장도 들어가 보자. 한마디로 열심히 먹고 논다면 크루즈 여행을 잘하고 있다. "이곳에 오면 이건 꼭 봐야 해!", "이 유명한 걸 안 보고 가는 건 말도 안

돼!" 그런 부담은 내려놓자.

난 미국에서 충분히 평화롭고 자유로울 수 있었다. 그런데 가만히 있으면 시간을 헛되게 썼다며 죄책감이 밀려왔고 계속 뭔가 해야 할 것 같았다. 그래서일까? 부지런히 미국 여행을 계획하고 다녔는지 모른다. 돌아보니 미국은 나에게 바삐 갈 필요 없다고 알려주는 선물이었고 날 사랑한 신이 일부러 데려다 놓은 곳이었다. 그걸 알지 못하는 나는 하루하루 괴로워했다. 이전부터 그랬었다. 특별히 뛰어난 것도 없는데 그 부족한 능력을 들킬까 봐, 조바심 내며 '도전'이란 이름으로 오기를 부린 것일지 모르겠다. 물론 그때마다 해내곤 했다. 잘했다는 뜻이 아니라 포기하기 싫었고 버티면 된다고 스스로 채찍질했다.

아무것도 하지 않고 침대 모서리에 웅크려도 된다. SNS에 올릴 사진 생각하지 말고 온전히 내가 원하는 걸 하는 시간을 가져보는 거다. 스스로 억압하지 말고, 자책하지 말고 모든 순간이 행복할 수 없다는 걸 받아들이자. 아이러니하게 여름에만 많은 사람이 오고 거의 모든 물자를 미국 본토에서 가져와야 하는 알래스카를 구경하며 고립된 배 안에 있는 상황이지만 지금까지 했던 여행과 다른 시도를 하고 더 자유롭게 지내보자. 그러다 보면 몰랐던 내 안의 나를 만날지도, 앞으로 어떻게 살아갈지 단서를 얻을지 모르겠다. 그런 기대감을 주는 것이 여행이니까.

떠나보면 알지

5. 오스틴맘의 미국 여행 팁

한국에 비해 물가가 비싼 미국에 살고, 여행을 자주 다닌다고 말하면 돈이 많을 거라고 생각할 수 있다. 미국 여행을 가능하게 한 것은 우리 가족만의 원칙이 있었기 때문이다. 줄일 수 있는 비용은 최대한 줄이고 한국에서 쉽게 올 수 없는 곳으로 떠난다.

항공사의 특징을 알고
탑승권 구매하기

저가 항공사 탑승권이 싸다고 무조건 구매하지 마라. 탑승권만 보면 당연히 대형 항공사보다 많이 저렴해 보이지만 저가 항공을 이용할 때는 추가 비용을 고려해야 한다. 대형 항공사는 수화물 한 개가 포함된 경우가 많다. 반면 저가 항공사를 이용할 때 작은 캐리어 하나를 붙였는데 왕복 100$ 이상을 내 배보다 배꼽이 커진 경우가 있었다. 또한 저가 항공사는 지연이나 취소가 자주 있으니 그 위험성까지 감당할 수 있는지 따져야 한다. 갑자기 비행기가 3~4시간을 늦게 오거나 아예 취소해 버릴 경우가 있다. 울며 겨자 먹기로 공항에서 마냥 기다리거나, 기존 구입 티켓보다 몇 배 비싼 편도 티켓을 사야 한다.

정리하자면 여행 일정과 마음의 여유가 있고 수화물을 부치지 않아도 된다면 매우 저렴한 저가 항공이 좋고, 자신이 갈 목적지와 예산, 여행 스타일에 따라 대형 항공사(DELTA, American Airline, Alaska)를 이용하길 바란다.

식비를 줄이며 한식파 가족이
미국에서 여행하는 비법

여행을 가기 전, 냉장고를 비울 겸 여행 음식을 만든다. 로드 트립 때는 아이스박스에 가득 반찬을 챙기고, 미국 국내선을 이용할 때도 캐리어 하나는 음식으로 채운다. 유명 관광지의 경우 비싼 물가를 감당하기 어렵고, 일정 중 음식을 사러 다닐 시간도 부족하기 때문이다.

카레와 짜장, 볶은 김치를 미리 얼려둔다. 꽁꽁 언 이 음식들이 아이스박스에서 얼음 역할을 해 다른 음식도 시원하게 만들어 주며, 여행지에 도착하면 서서히 녹아서 다음 날 아침에 유용하게 먹을 수 있다. 볶은 김치의 경우 참치캔 하나만 추가해 김치찌개, 김치볶음밥, 삼각김밥, 밥버거로 변신할 수 있다. 산행을 갈 때나 빵에 지쳤을 때 구세주 같은 메뉴이다.

현지 마트가 보인다면 얇게 썬 소고기와 씻어진 야채 한 팩을 사자. 간편하지만 든든한 고기찜을 만들 수 있다(호텔에 주방 시설이 있거나 로드 트립 때 버너와 냄비를 챙겨야 가능한 메뉴). 비결은 마라 소스 한 봉이다. 보통 고기 요리를 할 때 후추와 마늘, 생강술 등으로 냄새를 잡는데 마라 소스만 부으면 걱정이 없다. 매울 수 있으니, 야채를 잔뜩 추가하고 소스 양을 조절하면 된다. 매운 걸 못 먹는 아이가 있다면 냄비 윗부분에 소스가 안 묻고 수증기로 쪄진 소고기 부분만 주자.

떠나보면 알지

일회용 위생 장갑과 밀폐 용기,
보냉 가방 챙기기

일회용 위생 장갑을 챙겨 칫솔을 손가락 부분에 하나씩 넣어 보관한다. 또 남은 음식을 보관하거나 데워먹기 쉽도록 전자레인지용 밀폐 용기도 챙긴다. 보냉 가방은 이동 중 음료와 과일을 보관하기 좋고, 지퍼 백과 위생 백을 넉넉하게 챙기면 젖은 옷이나 남은 음식을 담을 때 유용하다.

6. 지금도 여행 중입니다

한국으로 이삿짐을 보내고 다음 날부터 이 글을 쓰기 시작했다. 나에게 있는 물건은 두세 달 버틸 옷들과 비상약, 들고 갈 수 있는 약간의 필수품이다. 비워진 공간에 놓인 캐리어를 보며 내 안에는 반대로 생각들이 가득 차기 시작했다.

이후로 상황이 좋았던 건 아니다. 임시 거처인 호텔로 이사를 하고, 공항에서 긴 시간을 대기하며 한국으로 돌아왔다. 다시 한국에서 살아가기 위한 숙제를 처리하고 넓어진 가족 범위의 '내 노릇'을 하느라고 분주했다. 시간이 있는 날에는 편하게 글을 쓰고 싶었으나 노트북을 켤 공간도 없었다. 또 몇 자 쓰면 그다음 문장을 쓰지 못하고 막히는 게 더 큰 문제였다. 내 안에 쌓인 것들은 많은데 밖으로 꺼내는 방법을 몰랐고, 그럴 때마다 익숙한 내 책장에 꽂힌 책들이 그리워졌다.

미국 여행을 통해 드라마틱하고 버라이어티한 무언가는 아니지만 또 다른 일상을 살아갈 힘이 생겼다. 이전의 나라면 내 물건과 내 공간이 아니라는 까칠함이 발동해 못 견뎠을 것이다. 갑작스러운 상황에 휩쓸려 표류하니 계획과 다른 곳에 데려다 놨다고 화를 냈을 것이다. 지금은 눈을 크게 뜨고 걱정보다 차분한 마음 상태로 유영하려고 애쓴다. '담담함'이라는 노하우가 생겼다고 믿는다.

'내가 미국 여행에 관해 쓸 자격이 있나? 내 생각들이 남에게 가치가 있나?' 생각이 들지만 지금도 여행 중이라고 주문을 건다. 능숙한 리더와 열정적인 여행 멤버들이 함께 글쓰기 여행을 하기에 몸과 마음을 다해 현재를 만끽하고 싶다.

떠나보면 알지

여지없이 벌어지는 착오와 실수,

행여 다른 결과를 가져오더라도 실망하지 마. 그게 여행이고 인생이잖아.

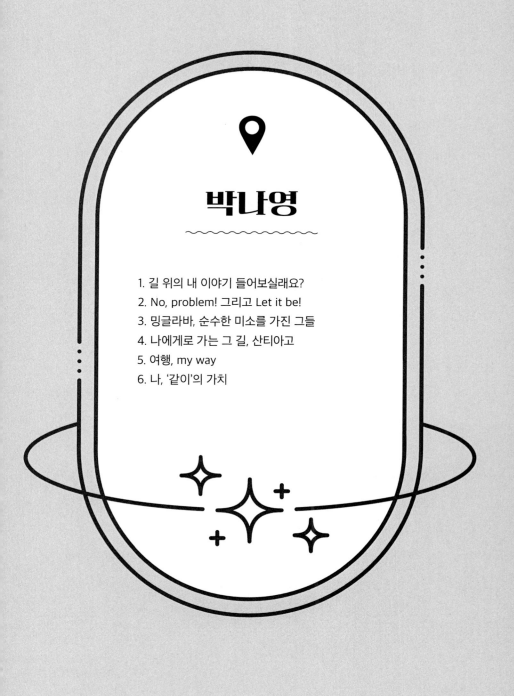

박나영

1. 길 위의 내 이야기 들어보실래요?

어렸을 적부터 세상에 대한 호기심이 많아서 부모님께 늘 질문하곤 했다. "엄마! 왜 이슬람 믿는 사람들은 오른손으로만 밥을 먹어요?" "아빠 왜 인도 사람들은 이마에다가 붉은 점을 찍고 다녀요?" 책 속에서 답을 찾을 수 있었지만 직접 내가 가서 보고 경험하면서 나의 호기심에 대한 답을 찾고 싶었다.

대학 졸업하고 발령받으면 함께 여행 가자고 약속했던 친구들은 하나둘씩 결혼을 해버렸다. 다른 직업을 가진 친구들은 시간이 안 맞았다. 그렇다고 나의 오랜 꿈을 포기할 수는 없었다. '혼자라도 떠나면 되지!' 그렇게 여행에 첫발을 내디뎠다. 패키지여행은 내가 원하는 스타일이 아니라 숙소만 예약하고 자유여행을 했다. 여행 중간에 우연히 동행들도 만나고 한번, 두 번 갔다 오니 떠나는 것이 전혀 두렵지 않았다.

혼자 여행을 다니다 보니 기차표 예약 실수인 줄 모르고 베네치아 가는 밤 기차에서 흑인 남성과 싸운 일, 어린 왕자의 배경이 되었던 모로코 사하라 사막에서의 로맨스 등 내 여행은 예상치 못한 일이 많이 생겨났다. 여행지마다 좋은 분들도 많이 만났다. 그래서 여행을 끊을 수가 없었다. 세상에서 가장 행복한 장소는 '공항', 제일 맛있는 음식은 '기내식'이었다. 내 또래들이 돈을 모아 명품 가방을 하나씩 늘리고, 재테크를 하면서 자산을 불려 갈 때 나는 다음 여행지 비행기 표

떠나보면 알지

를 예약했다.

내가 여행한 얘기를 주위 사람들에게 해 주면 너무 재미있다고 책을 한번 써보라고 했다. 특히 어렸을 적부터 작가가 꿈이었던 엄마도 늘 내 여행 이야기의 1호 팬이셨다. 여행 이야기를 글로 써서 내 이름이 새겨진 책이 출간되면 좋겠다고 가끔 말씀하셨다. "그러면 우리 같이 여행하면서 글 써볼까? 그러면 엄마도 나도 작가의 꿈을 이룰 수 있을 것 같은데." 뇌동맥류 시술을 하신 적이 있던 엄마는 비행기 타는 것이 무섭고 걱정이 된다고 한사코 거절하셨다. 이제 내 버킷리스트 1번 '엄마와 해외여행 가기'는 이룰 수 없는 꿈이 되어 버렸지만, 엄마는 지금도 항상 나와 여행하고 있다. 왜냐하면 내 여행용 지갑에 엄마의 증명사진을 넣고 다니기 때문이다.

엄마의 꿈이자 내 꿈인 여행작가. 새로운 것에 도전하는 것은 별로 주저하거나 힘들어하지 않았는데 이 꿈은 첫발 내딛기가 힘들었다. 글쓰기 수업도 들어보고 공저 제안도 받았지만 글만 쓰려면 머릿속이 하얀 백지가 되었다. 여행 중에 많은 사진을 찍는 것보다는 내 눈과 가슴에 담아두는 것이 좋았다. 여행 마치면 뭐라도 써서 남겨둬야 하는데 또 그대로 일상으로 복귀하다 보니 강렬한 장면, 추억만 몇 개 남기고 나의 기억은 안개처럼 사라져 버렸다. 내 꿈의 불씨가 꺼져 가려고 할 즈음에 마침 블로그에서 여행기 공저 모집에 관한 글을 보고 조금의 주저함도 없이 신청했다. 혼자서는 할 수 없지만, 같이 하면 할 수도 있겠다는 생각이 들어 용기를 내었다. 이제 나의 길 위의 이야기를 많은 이들과 나누고 싶다.

2. No, problem! 그리고 Let it be!

내가 처음 여권을 만들고 입출국 도장을 찍은 나라는 일본이다. 일본은 내가 사는 부산에서도 가깝고 배로도 여행할 수 있어서 첫 여행지로 선택했지만 아쉽게도 별 감흥이 없었다.

두 번째 여행지로 인도를 택했다. 눈이 크고 까무잡잡한, 조그만 나에게 어른들은 인도 사람처럼 생겼다고 말씀하시곤 했는데 그때부터 인도에 관심이 생겼던 것 같다. 인도에 관한 책을 찾아보니 인도 여자들은 사리라는 옷도 입고 이마 중간에는 빨간 점도 찍는다고 했다. 아름다운 타지마할도 보고 갠지스강도 보고 정말 카스트 제도가 존재하는지 확인도 하고 싶었다. '어른이 되면 나는 제일 먼저 인도를 여행할 거야!'라고 다짐했다.

지금도 인도를 여자 혼자 여행한다면 위험하다고 말리곤 하는데 25년 전 내가 인도 여행을 가겠다고 했을 때는 오죽했을까? 특히 엄마의 반대가 심했다. "영아!! 내가 꿈을 꿨는데 키도 크고 시커먼 남자가 나를 자꾸 잡으려고 쫓아가더라. 나는 겁에 질린 채 도망가느라 바쁘고 내 발은 땅에 붙어서 움직이지도 않고 식겁했잖아. 그리고 뉴스

떠나보면 알지

보니깐 인도랑 파키스탄이랑 전쟁도 한다매. 여행 안 가면 안 되겠나?". 이제 나도 딸 가진 엄마가 되다 보니 엄마의 마음을 알겠다. "엄마, 같이 여행할 사람 있으니깐 걱정하지 마." 엄마를 안심시키기 위해 거짓말을 하고 인도로 떠났다.

　뭄바이 공항에 처음 도착했을 때 득달같이 달려드는 호객꾼부터 시작해서 인도 여행 내내 사람들에게 시달렸다. 가달라고 해도 끝까지 달라붙는 집요함. 물건값은 죄다 몇 배나 붙여서 팔고 특히 흥정을 잘못하는 내가 나중에 당한 걸 알고 따지러 갔더니 'no, problem.'이란다. 그러고 보니 인도여행에서 가장 많이 들었던 말이었다. 12시간이면 도착하는 기차가 연착되어 30시간이 걸려도 'no, problem.' 내가 타고 있던 버스 앞에 소가 지나가서 1시간이나 움직이지 않고 서 있어도 'no, problem.' 내가 탔던 릭샤 운전하시는 분이 길을 몰라서 헤매다가 이상한 곳에 내려줘도 'no, problem.' 물갈이 때문에 화장실을 계속 들락날락 걸려도 'no, problem.' 나는 그들의 'no, problem.'에서 큰 깨달음을 얻었다. '외부에서 일어나는 문제로 나 자신을 괴롭히지 말라'는 것이었다. 기차가 연착되어도 문제 될 것이 없었다. 기차 안에서 사람들이 나눠주는 도시락 먹으며 행복하게 보냈으니…. 릭샤 타고 잘못 내렸지만, 친절한 인도 사람 집에 초대받아서 즐겁게 지냈으니 문제 될 것이 없었다.

　사람들이 40개국 넘게 여행한 곳 중에 가장 기억에 남는 곳이 어디냐고 물으면 나는 주저 없이 갠지스강이라고 대답한다. 갠지스강이 있는 바라나시에 처음 도착했을 때 내 눈에 처음 들어온 것은 미로 같은 골목 곳곳에 가득한 쓰레기였다. 두 명이 겨우 지나갈 만한 좁은 골목에는 소가 지나다니면 사람들은 그 신성한 소가 지나갈 때까지 하염없이 기다린다. 골목 여기저기에는 소의 배설물들이 흩어져 있어서 그것을 피하느라 내 눈은 땅을 향할 수밖에 없었다. 숙소에 짐을 정리하고 아르띠 뿌자를 보기 위해 나갔다. 아르띠 뿌자는 자기 정화, 해탈의 소망을 빌면서 신과 소통하는 힌두교 제사이다. 그리고 디아(꽃불)을 강에 띄우면서 나의 소원도 빌어 보았다.

그다음 날 갠지스강에 해 뜨는 모습이 보고 싶어서 일찌감치 숙소를 나섰다. 이른 아침인데도 목욕을 하는 사람들이 많고 해를 바라보며 명상을 하는 사람들도 있었다. 강물에 목욕하면서 자신의 죄업을 씻는다고 하는데 몇몇 사람은 갠지스강물을 가져다가 가족들과 나눠 마시기도 했다. 신성한 강이라고 하지만 실제로 보니 오물이 가득하다. 사진을 찍기 위해서 내려갔다가 미끄러져서 다리 부분이 강물에 빠졌는데 저녁에 숙소에서 보니 다리에 두드러기가 올라왔다. 작년인가 티브이에 방영된 여행프로그램에서 한 웹툰 작가가 갠지스강 물을 마시는 장면을 보고 경악을 금치 못했다. 갠지스강은 영(靈)의 눈으로 보면 한없이 깨끗하고 성스러울지 모르겠지만 육(肉)의 눈으로 보면 한없이 더럽기 때문이다.

인도 사람들은 죽기 전에 꼭 한 번은 갠지스강에 와서 몸을 담그기를 소원하고, 죽어서도 갠지스강에서 화장되기를 바란다고 한다. 버닝 가트라고 불리는 화장터로 이동했다. 여자는 원래 참석할 수 없지만, 외국인이어서 괜찮다고 하여 나는 멀찌감치 자리를 잡고 화장하는 모습을 지켜보았다. 들것 위에 천으로 덮인 시신들이 하나둘씩 옮겨지기 시작했다. 갠지스강에 시신을 먼저 담근 다음에 조금 기다렸다가 장작 위에 올려졌다. 내 옆에 인도인이 이것저것 설명한다. "임산부, 어린이, 성직자, 동물, 뱀에게 물린 사람들은 화장하지 않고 그대로 수장해. 갠지스강에 재가 뿌려지면서 윤회의 사슬에서 벗어나 해탈할 수 있다고 믿기 때문이야. 그래서 인도 전역에서 화장하기 위해 많은 사람이 바라나시를 방문하지. 죽은 지 24시간 안에 도착해야 화장을 할 수 있어. 가난한 사람들은 태울 장작이 부족해서 화장하다가 그만두고 그냥 강에 던져넣기도 해. 그러니깐 네가 저 사람들을 위해 돈을 좀 기부하는 건 어때?" 자세한 설명에 고마워서 마음을 표현하려고 했는데 대놓고 장작값을 내라고 한다. 마음의 큰 울림을 준 곳에서 실랑이 벌이기 싫어서 나는 돈을 건네고 조금 떨어진 곳에 앉아서 해가 질 때까지 화장하는 모습을 지켜보았다. 한쪽에서는 목욕하고 한쪽에서는 빨래하고 한쪽에서는 시체를 태우고 재를 뿌리는 삶과 죽음이 공존하는 그곳. 나는 조그맣게 'Let it be' 노래를 흥얼거렸다.

3. 밍글라바, 순수한 미소를 가진 그들

어느 날 사진 한 장을 봤다. 너무 강렬해서 잊히지 않아서 찾아보니 미얀마에 있는 우베인 다리라고 했다. 당장이라도 떠나고 싶었지만, 이상하게 마음 한구석에서 꺼려졌다. 미얀마 하면 어렸을 적 신문 1면을 장식했던 버마라는 나라가 먼저 떠오른다. 우리나라 대통령과 고위 정치 관료들이 아웅 산 묘소에 참배하러 갔다가 폭탄 테러로 인해 많은 사상자가 발생했던 나라였다.

2011년 어느 날인가 뉴스를 보는데 힐러리 여사가 미얀마를 방문

떠나보면 알지

한다고 했다. 그렇게 되면 그동안 세계와 단절된 삶을 살았던 미얀마가 개방화가 이뤄지면서 서구화의 바람이 불 것이고 지금 가진 순수한 모습을 잃어갈 것이라는 생각이 들었다. 얼른 비행기 표를 예매하고 서울에 있는 미얀마 대사관에 가서 비자를 발급받고 양곤으로 들어갔다.

미얀마는 내 싱글 마지막 배낭 여행지이기도 하지만 '세상에 이렇게 순수하고 착한 사람들을 또 만날 수 있을까?' 하는 생각을 여행 내내 했다. 그래서 인도 이후로 정말 오랜만에 '미얀마 앓이'에 빠져서 힘들었다.

보통 여행지에 도착한 첫날은 그 동네를 돌아보면서 환전부터 한다. 환전소 근처에 유명한 보타 태웅 파고다가 있다고 해서 가보려고 했는데 사람들에게 물어도 잘 모른다고 했다. 영어가 통할 것 같은 젊은 부부에게 물었다. 그 친절한 부부가 길을 가르쳐줘서 파고다까지 걸어갈 수 있었다. 파고다를 돌아보는 중 어디서 낯익은 사람이 나에게 말을 건네었다. 자세히 보니 좀 전에 내가 길을 물었던 그 부부였다. 내가 잘 갔는지 걱정이 되어서 왔다고 했다. 자기 집에 초대하고 싶다고 해서 그들의 집을 방문했다. 집은 화려하고 깔끔하게 잘 꾸며져 있었고 부모님과 같이 살고 있었다. 집에는 집안일 하는 분들도 너덧 명이나 되었다. 남편은 사업가로 부인은 변호사 겸 작가라고 했다. 얘기를 나누다 보니 정말 엘리트 중의 엘리트였다. 그 집에서 융숭한 대접을 받고 그들의 차로 세계에서 3번째로 큰 와불이 있는 차

욱타지 파고다도 구경했다. 갑작스럽게 초대를 받고 간 거라 빈손으로 그들의 집을 방문했다. 감사하고 미안하기도 해서 숙소 근처에 있는 양곤 1호 한국 빵집 앞에 내려달라고 했다. 빵을 가득하게 주워 담고 계산을 한 뒤 그들의 손에 건넸더니 한사코 싫다고 하였다. 자기네들은 괜찮으니, 호텔에 가서 친구들과 나눠 먹으라고 했다. 빚을 지고 못 사는 성격이라 그들에게 이메일 주소를 가르쳐 달라고 했다. 한국 가면 이메일로 그분들 주소를 물어서 뭐라도 감사함을 표현해야 할 것 같았기 때문이다. 그들은 이메일 주소도 없다고 했다. 하루하루 급속하게 발전해 가는 세계와는 다르게 그들의 삶은 느리게 흘러갔다. 그렇게 내 마음의 빚이 쌓였다.

미얀마는 135개의 소수 민족으로 이루어져 있다. 여행할 때마다 여러 명의 미얀마 사람들이 나에게 조심스럽게 물어왔다. "너 샨족이니?" "나 한국 사람인데. 샨족같이 생겼어?" "응, 위에 조상 중에 샨족이 있을지도 모르니 부모님께 꼭 물어봐." 궁금했던 샨족이 많이 산다는 껄로 지역을 여행하려고 버스 터미널에 앉아서 기다리고 있는데 사람들이 또 한두 명씩 모여들더니 나에게 샨족 이야기를 해 주었다.

샨족은 미얀마에 두 번째로 많은 종족으로 샨주에 살고 있으며 중국의 윈난성에서 이주하였다고 한다. 껄로로 가는 버스가 없어서 따웅지로 가는 버스를 타고 중간에 방송하면 내리면 된다. 중간에 휴게소에서 잠깐 쉬기도 한다. 휴게소를 좋아하는 나는 내리자마자, 한 바퀴 둘러본다. 그런데 정말 작은 시골 동네 가게 2~3개가 모여 있는 것 같다. 휴게소를 뒤로하고 껄로로 향하는데 정말 정신을 바짝 차리고 기사님의 방송을 잘 들어야 한다. 변변한 정류장도 없어서 긴가민가하다가 나는 껄로 중심 거리를 한참 지나서야 내렸다.

'껄로'는 산속에 있는 작은 마을이다. 마을 자체는 볼 것도 별로 없다. 대부분 사람이 여기서 인레호수로 유명한 '인레'까지 트래킹을 한다. 나는 여행사에서 2박 3일 코스로 예약했다. 내 배낭은 인레에서 받을 수 있기 때문에 편안하게 걷기만 하면 된다.

2박 3일을 걷고 또 걷고, 하늘을 이불 삼아 땅을 베개 삼아 누워도 보고 철저히 혼자가 되어 오직 자연과 벗 삼아 걸어도 본다. 길 위의 끝에서는 귀여운 꼬마 천사들도 만나고 자기네 샨족들과 똑같이 생겼다고 친절과 환대도 받았다. 하루는 샨족 가족들 집에서 자는데 준비한 음식이 정말 우리나라 음식 같았다. 특히 샨친은 우리나라 갓김치처럼 시원하면서 상큼한 맛이 난다. 김치를 별로 좋아하지 않는 내 입에도 너무나 맛있어서 전생에 샨족이 아니었는지 하는 생각도 들었다. 그 무엇보다도 감사한 사람은 2박 3일 동안 가이드였던 Aung. 트래킹하다가 인레에 도착할 즈음 지갑을 잃어버렸는데 우리가 온 곳을 되짚어가며 찾아서 인레에서 내가 머물고 있던 호텔에 갖다주었다. 다른 여행에서도 지갑을 잃어버린 적이 있는데 지갑만 돌아오고 지갑 속은 텅텅 비었었다. 하지만 이번에 돌아온 지갑은 내가 잃어버렸던 그대로 내 손에 돌아왔다. Aung과는 여행 이후로 계속 메일을 주고받았다. 원하는 대로 대학에 들어가서 공부도 하고 예쁜 부인과 결혼

해서 사랑스러운 아기의 소식도 들려주었다.

미얀마는 물가가 정말 싸고 사람들은 친절했다. 공짜는 부담스러워서 싫어하지만, 어디를 가도 자기네들 먹던 밥 나눠주려고 해서 밥값이 많이 안 들었던 나라였다. 하지만 그 호의에 답례하기 위해 과일이나 음료수 사주느라 돈이 많이 들기도 했다. 작년에 미얀마 내전에 관한 슬픈 소식들이 들려서 가슴이 아주 아팠다. 다시 '밍글라바'를 외치며 순수하게 웃어주던 그들의 모습을 보고 싶다.

4. 나에게로 가는 그 길, 산티아고

고등학교 지구과학 시간에 선생님께서 우리나라 땅을 파고 계속 들어가면 남아메리카의 우루과이 몬테비데오 앞바다가 나온다고 하셨다. 그때부터 남미가 궁금했다. 아시아, 유럽, 아프리카, 북아메리카, 오세아니아주까지 다섯 대륙은 다 밟아봤기 때문에 마지막 남은 대륙인 남미도 가려고 준비했다. 스페인 여행할 때 영어가 잘 통하지 않아서 학원에 등록해서 스페인어도 배웠다. 흥이 많은 라틴아메리카 사람과 춤출 일이 있으면 같이 추려고 몸치인 내가 라틴댄스도 익혔다. 하지만 가는 데 2~3일은 걸리고, 힘들게 간 김에 남미에 있는 몇몇 나라만 돌아도 나에게 최대한으로 주어진 한 달은 턱없이 부족했다. 하고 싶으면 무조건 행동으로 옮기는 내가 계속 미루기만 했다.

그즈음에 내 주변에 올레길을 걸으러 제주도에 간다는 사람이 하나둘씩 늘어났다. 올레길이 뭔지 인터넷에 찾아보니 제주도에 있는 트래킹 길이라고 했다. 올레길에 관심이 생겨서 찾아보니 언론인 서명숙이 스페인 산티아고 순례길을 걷고 영감을 받아서 만든 길이었다. 그런데 나는 어째 올레길보다 스페인 산티아고 순례길이 끌렸다. 순례자의 길은 대학원 지도 교수님이 말씀해 주신 적이 있었다. 우선 서점에 가서 산티아고 순례길에 관한 책을 여러 권 사서 읽고, 여행 카페에 가입하며 하나씩 준비했다.

걸어서 왕복 2시간이 걸리는 직장까지 양쪽 발목에 1kg의 모래주머니를 차고 걸었다. 평소에 이것저것 들고 다니는 것이 많아서 사람들은 내 배낭에 벽돌 너덧 장은 들어 있냐고 할 정도로 무거웠다. 흡사 순례자의 길을 걷는 듯한 기분으로 매일매일 걷고 또 걸었다.

나는 프랑스에서 출발하는 길을 걷고 싶었다. 총거리가 799km. 내가 하루에 평균 30km를 걷는다 해도 27일 정도 앞뒤에 하루씩 더하면 29일이 필요한데 그만큼의 시간을 낼 수가 없었다. 해마다 또는 시간이 될 때마다 조금씩 나눠서 걷는 방법도 있지만, 나는 한번 시작해서 꼭 완주까지 하고 싶었다.

말하고 쓰면 이루어진다고 했던가? 나는 가족과 지인들에게 '순례자의 길'을 갈 거라고 얘기하고 다녔고 다이어리, 내가 즐겨 읽는 책, 책상 앞 등 눈에 보이는 모든 곳에 'Camino de Santiago'라고 적었다.

그렇게 준비하고 필요한 물품도 하나둘씩 사고 있을 즈음에 직장에서 보내주는 6개월 연수프로그램에 참여하게 되었다. 5개월은 국내에서, 1개월은 미국에서 받는 연수라 이 좋은 기회를 놓칠 수가 없었다. 연수를 마치고 한국에 돌아왔을 때 엄마가 두통이 심하셔서 머리에 시술하셔야 한다고 했다. 간단한 시술만 하면 될 줄 알았는데 엄마의 상태는 생각보다 심각했다. 개두술을 하기 위해서 머리를 삭발한 날은 평소에 엄마 모습답지 않게 엉엉 우셨다. 그것이 내가 기억하는 건강한 엄마의 마지막 모습이다. 첫 번째 수술에 실패하고 두 번째 수술까지 연이어서 하면서 엄마는 1년을 넘게 병상에 누워 계시다가 하늘나라로 가셨다. 그렇게 나는 생각지도 않았던 결혼을 하고 연년생 딸을 낳아서 육아하고 일하느라 나를 조금씩 잊은 채 살아갔다.

그 뒤로는 '순례자의 길'에 관한 글이나 프로그램은 보지 않았다. 여행을 다루고 있는 프로그램을 좋아해서 빼놓지 않고 보는데 산티아고 순례길을 배경으로 한 〈스페인 하숙〉 방송은 보지 않았다. 내 회피 방어기제가 작동했다. 그리운 그 길을 걸으려면 한 달이 넘는 시간이 필요했고, 내가 퇴직한 이후나 가능하기 때문이다. 2년 전에는 계단에서 발을 접질렸다. 발목뼈도 부러지고 아킬레스건도 끊어져서 하루에 3만 보 이상은 거뜬하게 걷던 내가 10분 걷는 것도 어려웠다. 운동을 못 하다 보니 체중도 자연스럽게 늘어나 무릎에도 무리가 오기 시작했다. 어렸을 때부터 다리 쪽이 튼튼하지 못해서 수술도 하고 병원도 참 많이 다녔다. 그때 의사 선생님이 절대 살을 찌면 안 된다고 했다.

글을 쓰면서 그 길을 다시 간절히 걷고 싶은 소망이 생겼다. 산티아고 순례길을 걸으면서 나를 만날 날이 언제가 될지 모르겠지만 당장 내일부터 운동화를 신고 밖으로 나가서 동네 한 바퀴 돌아야겠다.

5. 여행, my way

여행의 의미가 궁금해서 사전에서 찾아본 적이 있다. 여행은 '일이나 유람을 목적으로 다른 고장이나 외국에 가는 일이나, 자기 거주지를 떠나 객지로 가는 일, 다른 고장이나, 다른 국가에 가는 일'이다. 나에게 여행은 무엇일까? 나는 여행은 만남이라고 생각한다. 새로운 자연·문화·음식·사람과의 만남, 알지 못했던 나와의 만남이다.

혼자서 여행하며 정말 다양한 사람들을 만났다. 그들의 여행 스타일도 달랐다. A는 대부분 사람이 그러하듯이 그 지역의 유명한 관광지는 다 돌아보고 음식도 다 먹어봐야 했다. B는 숙소에서 푹 쉬면서 동네 마실 다니면서 단골집도 만들고 친구도 만들고 관광지 근처에도 가지도 않았다. 누가 제대로 된 여행을 한 것일까? 나는 각자의 스타일대로 멋지게 여행하고 있다고 생각한다. 여행에는 정답도 모범 답안도 없다. 어린 시절부터 시험지를 받고 정답을 강요받았던 우리에게 어떤 이들은 모범 답안을 들이밀면서 외쳐댄다. "여행이란 자고로 이렇게 해야 해. 저렇게 해야 해."

나에게 여행도 그러했다. 도장 깨기처럼 전에 가봤던 국가는 자연스럽게 새로운 여행지에서 제외하고 국가나 도시를 하나씩 늘려나가는 것이 여행의 재미처럼 느껴졌다. 중요한 것은 '어느 나라'를 가고 '몇 개국'을 가봤느냐가 아니라 '여행을 가서 무엇을 느끼고 배웠냐?'이다. 여러 번을 가더라도 다른 것을 느끼고 배울 수 있다면 그것은 충분히 가치가 있다. 지인들에게 가끔 "여행을 재미있게 잘할 수 있냐?"는 질문을 받곤 한다. 특별히 노하우라고 할 것은 없지만 여행을 자주 하다 보니 나만의 패턴이 생긴다.

첫째, 개방적 사고다. 여동생이 퇴사하고 나와 여행을 가고 싶다고 했다. 서로 스타일이 달라서 걱정되었지만, 여동생이 취직하게 되면 긴 여행은 힘들 수 있겠다 싶어 같이 북유럽을 여행하기로 했다. 스톡홀름을 여행하다가 만난 스웨덴 친구와 잠시 이야기를 나누다가 한국문화까지 물어보길래 중간에 끊지 못하고 대화가 길어졌다. 동생이 자꾸 옆에서 눈치를 줬다. "언니야! 니는 모르는 사람이랑 그렇게 이야기를 많이 하면 어떡하노? 나쁜 사람이면 어쩌려고… 그라니깐 엄마가 니 혼자 여행 다닌다고 맨날 걱정하지." "여행하다가 사람들도 만나고 서로 이런저런 이야기 하다 보면 여행이 더 재밌어진다. 그리고 나쁜 사람 만나더라도 조심하고 정신만 차리면 된다. 니도 그렇게 한번 해봐라." 여동생은 나보다 더 외향적이고 사교적이어서 그런지 경유지였던 태국에서는 더 많은 사람과 소통하며 즐겼다.

둘째, 여행하는 나라의 말, 몇 문장은 익히고 가자. 요즘은 번역 앱도 잘 나와 있어서 예전보다 언어 때문에 여행이 힘들지는 않다. 그래도 현지인들과 친해지고 싶다면, 그 나라 말은 꼭 몇 문장 외우고 가라고 이야기하고 싶다. 길을 물어보다가 마지막에 그 나라 말로 '감사합니다'를 하면 대부분 사람은 미소를 짓고 또 누군가는 더 많은 표현을 가르쳐 주고 싶어 했다. 단 한 번의 예외도 없었다.

셋째, 나만의 여행 루틴을 정하자. 나는 먹는 것을 참 좋아한다. 인도 여행을 하면서 제일 맛있었던 것이 '라씨'였다. 중동지방이나 북아프리카 국가에서 먹었던 '아이란'도 맛있었다. 그 뒤로 나는 여행 갈 때마다 그 나라의 요구르트를 꼭 찾아서 먹어본다. 커피도 좋아하기 때문에 내가 여행하는 나라의 커피도 꼭 맛본다. 작은 나만의 습관들이 여행을 더 재미있게 만든다.

넷째, 현지 음식과 현지인과 가까워져 보자. 현지 음식을 먹어보는 것은 그 나라의 문화와 가까워지는 가장 좋은 방법이다. 남들이 소개하는 유명한 음식점만 찾아다니기보다 로컬 식당도 꼭 경험해 보자. 현지인과의 교류는 깊은 경험과 즐거운 추억을 선사해 줄 수 있다. 현지 언어를 못 해도 간단한 인사말과 미소만 장착한다면 그들도 당신에게 미소로 화답할 것이다. 또한 이틀 이상 그곳에 머무른다면 한번 갔던 가게나 레스토랑, 카페에 재방문한다면 현지인들과 가까워질 수 있을 것이다.

6. 나, '같이'의 가치

결혼하고 10년 동안 주말 부부로 살았다. 육아의 도움 없이 혼자서 두 딸을 키우느라 나를 위한 시간이 없었다. 이번에도 공저 관련 글을 보고 지금까지 늘 그래왔던 것처럼 별 고민하지 않고 신청했다. 그런데 더 정신없이 이일 저일이 마구 생긴다. 성악 꿈나무인 큰딸에게는 해외 공연의 기회도 왔고 콩쿠르 준비에 내가 신경 써야 할 것이 늘어났다. 개학하고 나니 밀려드는 학교 업무와 수업 준비까지 눈코 뜰 새 없이 바빴다. 아빠 돌아가시고 첫 생신을 맞았다. 살아 계실 때는 추석 전날이라 시댁 가야 한다고 미역국에 반찬 한두 가지 해서 보내는 것이 전부였지만 그동안 못 챙겨 드린 것이 죄송했다. 이번에는 동생네 식구까지 불러 따뜻한 밥 한 끼 먹이고 싶어서 며칠을 분주하게 보냈다.

그러다 보니 원고 마감, 중간 점검, 퇴고 등 나는 모든 것에 늑장을 부렸다. 내가 감당하지 못하면서 일만 저지른 게 아닌가 후회가 스멀스멀 올라왔다. 머리와 손끝에서 맴돌기만 하는 표현을 노트북 위에 옮기는 것도 힘들었다. 내가 쓴 글을 다시 읽어 볼 때면 부끄러워 머리를 쥐어뜯기도 했다. 하지만 글을 쓰고 읽고 퇴고하면서 누군가의 엄마도 아내도 선생님도 아닌 나로 존재하는 이 순간이 너무 감사하고 행복했다.

여행하면서 순간순간에 오롯이 집중하고 느끼고자 내 눈과 마음,

떠나보면 알지

머리에 담아두는 것을 좋아한다. 그래서 여행을 다녀와도 사진이나 영상이 많지 않았다. 게으름을 핑계로 기록도 잘 남기지 않는데, 여행기를 쓰려고 하니 이러한 내 습관이 얼마나 힘든지 모르겠다. 머릿속을 날아다니는 수많은 추억과 친절한 이들, 그리고 가끔 얼핏 스쳐 지나가는 멋진 표현들. 글을 쓰려면 마치 신기루처럼 사라져 버린다. 어딘가에서 본 '적자 생존, 기록한 자만이 작가가 될 수 있다.'라는 말이 정말 공감되는 시간이었다. 만약 혼자 책을 썼다면 분명히 나는 중간에 포기했을 것이다. 우리의 멋진 선장 최서연 작가님과 같은 배에 올라탄 작가님들 덕분에 나는 내 이름 석 자가 박힌 책을 볼 수 있었다.

이제 끝이 아니라 다시 시작을 꿈꾼다. 내 버킷리스트였던 '여행작가, romantic nomad(낭만 유목민)'의 꿈은 다시 시작이다.

여름밤 하늘 아래서
행성처럼 빛나는 추억을 쌓는다.

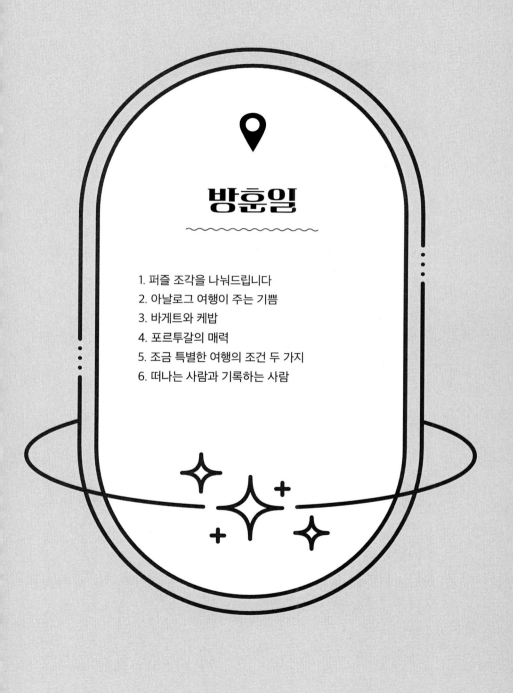

방훈일

1. 퍼즐 조각을 나눠드립니다

여행을 사랑한다. 한 번도 가보지 않은 도시, 낯선 이방인인 내가 온 것조차 모를 동네에 들어가 언어와 인종이 다른 그 사람들이 만들어 가는 세상을 관찰하는 일이 참 좋다. 마치 영화관의 스크린 안으로 들어가 영화를 경험하는 기분이다. 그 느낌을 처음 만난 스물다섯 살 겨울이 인생의 전환점이 되었다. 살면서 느낄 수 있는 것, 맛볼 수 있는 것, 들을 수 있는 것을 최대한 많이 경험하고 추억거리가 늘어날수록 그 인생은 참 풍요롭고 행복하다고 생각했다. 삶의 조각들을 수집하다 보니 그 어떤 것도 같은 조각이 없다는 것을 깨달았다. 다양한 경험을 통해 퍼즐을 수집하다 보니, 점차 퍼즐이 맞춰지게 되고, 완성되어 가는 것을 보면 기분이 좋아진다.

퍼즐 조각을 내가 직접 들고 올 수도 있지만, 다른 사람에게 받을 수도 있었다. 한 권의 여행 에세이를 통해 여러 조각의 퍼즐을 선물로 받게 된다. 내가 가보지 못한 곳에 갔던 사람에게서 새로운 퍼즐 조각을 받는다. 내가 이미 가본 곳인데 그때는 내가 느끼지 못했던 것을 느끼고 와준 이에게서 받는 퍼즐은 내가 가진 퍼즐 바로 오른쪽에 맞추면 딱 맞아서 좋다. 나만의 인생 판을 내가 구한 퍼즐과 다른 사람이 구해준 퍼즐로 채우고 있다. 문득 '내가 가진 조각을 나눌 생각을 하지 못했구나!'라는 생각에 무릎을 쳤다. 내가 가진 조각이 다른 사람의 인생 판을 채우는 데 도움이 될 것 같았다.

여행의 시작은 용기이다. 떠날 수 있는 용기가 필요하다. 여행을 가서는 모국어가 아니라 어색한 언어를 한 글자 한 글자 주눅 들지 않고 말하는 당당함이 필요하다. 길을 잃었을 때 "나는 길을 잃었다."라고 말할 수 있는 뻔뻔함도 필요하다. 여행을 가기 전까지 가졌던 두려움은 일단 여행지에 도착하면 새로운 것을 만날 설렘으로 바뀐다. 두려움이 설렘이 되기 위해서는 일단 떠날 수 있는 용기가 필요하다. 어떤 사람은 이미 그 용기를 갖고 있어서 마음만 먹으면 떠날 수 있다. 또 어떤 이는 책이나 이야기로 주변 사람들의 경험을 만나게 되면서 그 용기를 찾곤 한다.

나의 글을 통해 '아! 이렇게도 여행할 수가 있구나. 여행을 사랑하는 마음만 있으면 되는구나.'라고 알게 되었으면 한다. 기꺼이 퍼즐 조각을 찾아보려는 마음을 갖길 희망한다. 서로 퍼즐 조각을 주고받을 수 있다면 더욱 기쁘겠다.

2. 아날로그 여행이 주는 기쁨

"밤 10시 30분 기차니까, 개선문 올라가서 야경 보고 파리 북역으로 가도 시간은 충분해." 오후 6시, 바로 기차역으로 가기에는 살짝 아쉬웠다. 대학생의 배낭여행이라 우리는 아주 작은 시간의 빈틈도 허용하지 않고 시간을 꽉꽉 채워 눌러 담고 있었다. 나의 제안에 우리 일행은 개선문 관광을 성공적으로 끝내고, 파리 북역에 10시 전에 도착했다. 그런데 아무리 기다려도 기차가 오지 않았다. 10시 30분이 넘자, 뭔가 이상해 다시 기차표를 봤다. 출발 시간이 20시 30분이라고 적혀 있었다. 20시를 밤 10시로 착각하고, 10시쯤 도착해서 기차를 기다리니 올 리가 있나. 나의 실수로 우리는 이탈리아 밀라노로 가는 야간열차를 놓쳤다. 당장 기차역에서 밤을 새울 수는 없었다. 파리 북역은 치안이 그리 좋지 않다고 들었던 터라 주변 호텔 빈방을 급히 찾기 시작했고, 빈방이 있던 별이 세 개인 호텔을 찾아서 1박을 하게 되었다. 이름은 호텔인데 한국의 모텔만도 못한 수준이었다. 참고로 우리가 묵기로 한 방의 화장실 문은 잠금장치가 고장 나 있었다.

기차를 놓쳐서 쓰지 않아도 될 숙소와 다시 끊은 기차표로 인해 예상보다 큰 지출이 생겼다. 일행에게 굉장히 미안해하며 아침 일찍 테제베에 몸을 실었다. 일행들은 감사하게도 불평 한마디 없었다. 어쩔 수 없지 않냐며 이렇게 된 거 밤새 지나갔다면 보지 못할 알프스를 보면서 가자며 나를 다독였다. 동료들의 배려로 축 처져있던 나는 다시 힘을 얻었다. 주변 풍경을 보면서 기차에 앉아 있다 보니 풍경에 매료되어 다시 여행에 몰입할 수 있었다. 야간기차에서 밤새 불편하

떠나보면 알지

게 이동하지 않아도 되었고, 밤에 지나가면 보지 못할 알프스의 광대한 자연을 아침에 지나가면서 보게 된 것은 예기치 못한 즐거움이었다. 하나를 얻으면 하나를 잃게 되고, 반대로 하나를 잃으면 하나를 얻게 되는 것이다. 동료들의 배려를 통해 자연스레 깨닫게 된 이치였다. 기차가 아닌 숙소에서 잠을 푹 자고 일어나 스위스의 아름다운 풍경을 보며 이탈리아로 넘어가는 것은 어쩔 수 없이 이뤄진 선택이었다. 우리의 원래 계획인 돈과 시간을 절약하기 위해 이동하는 동안 쪽잠을 청하고 그로 인해 생긴 시간을 이용해 밀라노를 관광하겠다는 계획은 틀어졌다. 원하는 두 가지를 모두 할 수 없다는 것, 또한 여행을 통해 다시금 생각하게 되었다.

"무라노 그라스, 부라노 레이스." 베네치아 거리를 걷다 보면 자주 듣게 된다. 베네치아 본섬 주변에는 유리공예가 발달한 무라노 섬이 있고, 레이스 공예가 발달한 부라노 섬이 있다. 베네치아에서 수상버스를 타고 30여 분을 가면 나오는 두 섬은 그곳의 특산품을 사기 위해 방문하기도 하지만, 가볍게 산책하기에도 좋다. 아이유를 비롯한 많은 가수에게 사랑을 받은 촬영 장소이기도 한 부라노 섬이 걷기에는 더 매력적이다. 오래전 부라노 섬에서는 뱃사람들이 집에 돌아올 때 자신의 집을 잘 찾으라고 저마다의 색으로 자기 집을 채색했다. 지금은 알록달록 칠해진 집들이 수많은 관광객을 모으는 풍경이 되어, 수많은 여행객의 사진 속 배경이 되고 있다. 보기만 해도 힐링되는 아름다운 집들이 섬 전체를 가득 채우고 있다. 크기도 그리 크지 않은 섬이라 한두 시간이면 충분히 한 바퀴를 돌 수 있어 반나절 머무르며 시간을 보내기에 아주 매력적인 장소이다.

바다 위에 만들어진 도시를 걷는 기분은 해변을 걷는 것과는 또 다른 매력이 있다. 부라노 섬에는 그 흔한 자동차가 없다. 오직 길, 광장, 다리, 배, 집, 그리고 바다가 전부다. 꼬부라진 골목을 돌면 작은 다리가 나오고 그 다리를 건너면 작은 광장이 나오고 작은 광장은 여러 개의 작은 길 혹은 다리로 연결되어 있다. 이 여섯 가지 재료가 이렇게 모이고 저렇게 흩어지면서 빚어내는, 어디서도 볼 수 없는, 아담하지만 황홀한 풍경에 넋을 놓고 있으면 금방 해가 저문다. 마지막으로 해가 지는 시간에 배를 타고 베네치아 본섬으로 이동하면서 부라노 섬을 바라보자. 톡톡 튀는 개성을 뽐내는 건물들이 노을을 만나면서 편안하고 따뜻한 장관을 연출한다. 자기 집이 어딘지 찾았을 뱃사람들의 마음을 이해할 것 같다. 우리 집을 보는 것처럼 마음이 풍요로워지고 넉넉해진다.

아이폰도 없고, 에어비앤비도 없던 시절 우리가 선택한 숙소는 한인 민박이었다. 방 하나에 2층 침대가 빼곡히 들어가 있고, 비어 있는 침대 중 하나를 선택하면 그 침대는 숙소에 머무는 동안 나의 침대가 된다. 화장실은 공동 화장실을 써야 하고, 눈치껏 공동 세탁실에 있

떠나보면 알지

는 세탁기를 사용하여 자기 세탁물을 빨면 된다. 부엌에서 민박집 주인아주머니께서 차려 주는 저녁(대부분 간편한 한식)을 함께 먹으며 식탁에 둘러앉아서 잠자리에 들기 전까지 그날 하루의 여행을 서로 나누고 공유한다. 주인아주머니께서 아침마다 싸주시는 샌드위치와 팩 주스 하나도 배낭여행자들에게는 소중한 간식이 된다. 한인 민박은 가난한 배낭여행자들에게 좋은 안식처이다.

한인 민박의 백미는 그날의 여행을 마치고 저녁에 식탁에서 함께 모여 이야기를 나누는 시간이다. 같은 도시이지만 각자 다녀온 곳이 달라서 서로의 여행 이야기를 듣다 보면 내일 여행경로가 즉흥적으로 결정되기도 한다. 또한 여행하는 방식부터 관심사 등이 여행자마다 달라서 나도 갔었던 곳인데, 내가 미처 못 보고 지나쳤던 장소에 대해 듣게 되기도 하니 참 소중하다. 저녁 식탁에서 처음 보는 여행자이지만 의기투합하게 되면 다음 날은 여행 동료가 되어 함께 여행하기도 한다. 계획 없이 왔든, 많은 계획을 갖고 왔든 상관없이 저녁 식탁 시간 이후에는 가고 싶은 곳이 많아지게 될 것이다.

파리에서는 현금을 들고 다니는 여행객을 노리고 다양한 사기를 치기 때문에 조심해야 한다. 몽마르트르 언덕과 같은 주요 관광지에서는 갑자기 외국인이 말을 걸고 접근해서 설문조사를 하겠다거나 길을 묻는 경우가 있다. 잠깐 그 질문에 대답하려고 친절을 보이는 찰나 가느다란 실 두세 가닥이 내 팔에 채워지게 되고, 10유로의 팔찌 가격을 내야 한다. 우리는 이미 알고 주의하고 있던 터라 수상한 외국인이 접근하려고 하면 바로 피해서 실 팔찌 없이 여행을 마쳤다. 정신만 똑바로 차리면 팔찌 사기당하기는 쉽지 않겠다고 생각했다. 그날 일정을 마치고 돌아온 저녁 식탁에서 다들 다녀온 곳에서 일어난 에피소드를 이야기하고 있었다. 몽마르트르를 여행하고 온 대학생 남자 두 명의 팔목에 팔찌가 채워진 게 아닌가. 그 둘은 상대방 때문에 팔찌가 채워졌다고 불평하면서도 그 외국인이 한 가닥은 열정을, 다른 한 가닥은 낭만을 상징하는 거라 했다며 자랑스레 팔찌를 우리에게 보여주었다. 이 팔찌를 차게 되면 다시 파리에 올 수 있을 거라고 자포자기하는 그들의 자랑에 깔깔거렸던 유쾌한 기억이 떠오른다.

이처럼 아날로그 여행은 매끄럽게 여행이 이루어지지 않을 때가 종종 있다. 패키지여행처럼 계획한 일정대로 진행되지 않는다. 여행은 에펠탑에서 인증사진만 찍고, 웨스트민스터 성당은 들어갈 엄두도 내지 못할 만큼 짧은 시간에 많은 명소를 찍고 가는 관광이 아니다. 걷고 느끼고 감동하며 지하철 환승 통로의 공연이 마음에 들어 한 시간을 머무르더라도 그곳의 공기를 마시며 충만해지는 것이 여행이다. 한인 민박을 이용하면 그렇게 여행하는 사람이 나 혼자가 아니라 여럿이기 때문에 느껴지는 안정감이 있다. 이런 것이 아날로그 여행이 주는 매력이다.

3. 바게트와 케밥

"윈느 바게트 실브쁘레(바게트 하나 주세요)." 아침에 일어나면 집 근처의 아무 빵집에 가서 갓 구운 바게트 하나를 사고, 냉장고에서 잼과 크림치즈와 버터를 꺼내 바게트에 발라 먹고 하루를 시작하는 삶, 파리지앵처럼 보낸 30일의 소중한 시간을 꺼낸다.

나와 아내는 패키지여행은 한 번도 가본 적이 없는 모태 배낭여행자이다. 그런데도 우리 가족의 여행 일정은 여행사가 짜준 것처럼 엑셀을 이용하여 해 뜰 때부터 해 질 때까지 빼곡히 정해 놓는다. 한 시간도 허투루 지나가는 게 아쉬워 쓸 수 있는 시간보다 더 많은 계획을 세워두고 여행하는 스타일이었다. 외국인들이 놀라던 새벽부터 일어나 좀비처럼 여행하는 여행자가 바로 나다. 한번은 영국 여행 첫날 시차가 안 맞아 눈이 일찍 떠졌다. 공식 일정을 시작하기 전까지 침대에 누워 있어야만 하는 것이 못내 아쉬워서 모두 잠든 새벽 나이트버스를 타고 시내라도 한 바퀴 돌아야 개운하던 여행자였다. 그런데 '한 달 살기'를 하며 여행하다 보니, 평상시에 잠깐 외출하는 것처럼 오늘은 박물관에 가서 하루를 보내고, 다음 날에는 시내에 있는 공원에서 점심 도시락을 먹고, 걷다가 예쁜 서점을 발견하여 책과 굿즈를 사서 돌아오는 날도 있었다. '한 달 살기'의 여행은 배낭여행 방식과는 다르게 시간을 보내게 해주었고, 아침마다 빵집에 들르는 작은 행복으로 하루를 시작하는 기쁨이 있었다.

파리에서 눈이 많이 내린 날이었다. 집 앞에 작은 언덕에서 동네 아이들이 몰려 나와 비료 포대, 플라스틱 삽 등 타고 내려갈 수 있는 모든 도구를 총동원하여 썰매를 타고 있었다. 잠깐을 지켜보던 아들이 자기도 썰매를 타고 싶다고 했다. 우리는 여행자여서 마땅한 도구가 없었고, 프랑스 말도 제대로 할 줄 모르는데 일단 나갔다. 나는 아이들에게 최대한 인자하게 웃음 짓고 아들은 간절한 눈으로 그 아이들을 쳐다보았다. 그랬더니 아이들이 우리의 마음을 알았다는 듯이 너도나도 썰매를 빌려주어 그들과 함께 아들도 신나는 시간을 보내었다. 그렇게 한참을 놀고 짐을 챙겨서 시내를 나가려는데 이번에는 집 앞 놀이터에 함박눈이 소복이 쌓여 있었다. 우리는 잠시 멈추어 놀이터에서 눈사람을 만들면서 깔깔거리며 한참 시간을 보냈었다. 결국 그날 시내에서 보낼 일정의 대부분은 포기했다. 그런데도 파리 여행 중 그 하루가 따뜻하게 가슴 속에 남아있다. 이런 시간이 바로 한 달 살기의 매력이다.

여행 중 박물관이나 놀이동산을 가더라도 충분한 시간을 갖고 둘러볼 수 있었기에 시간에 쫓기지 않았다. 설령 오늘 다 못 보면 내일 한 번 더 올 수 있다는 가능성도 마음에 여유를 안겨 주었다. 아이와 함께 가서였을 수도 있겠지만, 우리는 루브르 박물관에 가서 모나리자는 구경도 하지 못했다. 오히려 '미라 탐험대'가 되어 박물관 전체를 샅샅이 살펴봐야 했고, 마침내 발견한 미라는 모나리자를 본 감동보다 더 컸다. (예전에 배낭여행으로 왔을 때 모나리자를 보고 느낀 감동과 비교해 보니 말이다.) '루브르에서 꼭 봐야 할 작품 세 가지', '놓쳐서는 안 될 다섯 작품' 등을 참고하여 몇 작품만 스치듯 보고 다음 장소로 이동하는 것이 아니기에 우리의 박물관 탐험도 가능했다. 과학박물관에서 우리 아들은 그곳에 견학하러 왔던 또래의 프랑스 아이들과 같이 어울리고 뛰어다니며 전시물들을 자연스레 체험했다. 아이들의 친화력에 또 한 번 감동하기도 했다. 놀이동산에서는 혼자 노는 우리 아들이 외로워 보였는지 형, 누나들이 같이 놀아주어 한참 동안을 놀이터에서 신나게 보냈다. 이런 감동과 경험을 채우는 시간이 한 달 동안 계속되었다. 한 달 살기를 해보면서 여행은 많은 것을 보는 것보다 의미 있는 시간을 얼마나 보냈는가에 따라 그 여행의 가치가 결정될 수 있겠다고 생각했다.

파리에서 느꼈던 것 중의 하나는 아이들이 자유롭다는 것이다. 겨울인데도 놀이터에는 아이들이 참 많았고, 피부색이 다르고 언어가 다른 것은 그들에게는 중요치 않았다. 또한 미술관이나 박물관에 가면 아이들이 하나의 작품 앞에 둥글게 둘러앉아 선생님의 설명을 들으며 자기 마음에 드는 그림 앞에 앉아 스케치북에 따라 그리고 있었다. 한 작품을 자세히 관찰하고 어떤 느낌이 드는지 자유롭게 생각을 얘기하며 서로의 생각을 들어주었다. 우리가 작품을 보면서 '아, 이게 피카소의 그림이구나!', '이것은 모네가 그린 거구나!' 하면서 그림의 정보만을 머리에 담아가고 있을 때, 그곳의 아이들은 그림을 마음으로 받아들이고 느끼며 감상하고 있었다. 잠깐 지나가는 여행자였다면 모르고 지나쳤을 깨달음인데 한 달 살기 여행자만이 할 수 있는 관찰로 알게 된 프랑스의 속 모습이었다.

파리에서 가장 기억에 남는 음식 하나를 꼽으라면 바게트가 아니라 쌩뚜엉 시장에서 먹었던 케밥이다. 여행하면 그곳의 벼룩시장이나 전통시장은 꼭 들르는 편이다. 한 달이라는 충분한 시간이 있어서 우리는 몇 군데의 벼룩시장을 갔다. 대부분의 벼룩시장은 시의 외곽에서 열리기에 치안이 좋지 않다. "쌩뚜엉에서는 항상 조심해!"라는 파리에 오래 산 지인의 말을 듣기도 해서 최대한 긴장을 늦추지 않으며 파리의 날것을 둘러보고 있었다. 그런데 내 배가 눈치가 없게 꼬르륵거리면서 뭐라도 먹어야 한다고 보채는 것 아니겠는가. 가난한 여행자라 주변에 뭐가 있을까 봤더니 시내에서는 10유로쯤 하는 케밥을 5유로에 파는데, 감자튀김과 콜라까지 함께 준다는 것이었다. 도로 한쪽에 천막을 쳐놓고 장사를 하는 곳이었다. 천막 안에 들어가 보니 무서운 인상을 가진 남자 몇 명이 큰 목소리로 수다를 떨면서 케밥을 먹고 있었다. 비슷한 인상의 주인도 그들과 몇 마디 대화하는데 그다지 다정해 보이진 않았다. 조심하라는 마음속의 경보음이 울리기 시작했다. 이미 들어왔는데 다시 나가면 미안하기도 해서 얼른 먹고 나갈 생각에 일단 앉아서 케밥을 주문했다. 그때부터 천막 뒤에서 자동차들이 쌩 지나가는 소리가 들리면 혹시 천막 뒤에서 누가 우리를 납치하지 않을지, 콜라 안에 작은 구멍을 뚫고 약을 넣은 건 아닐지 걱정이 됐다. 시간이 흘러 케밥이 나왔다. 생각보다 맛있어 보이고 양도 제법 많았다. 긴장을 늦추지 않고 우리는 속도를 내며 케밥을 먹기 시작했다. 말 한마디 없이 먹기만 했다. 괜히 아들이 천천히 먹는 것 같아서 빨리 먹으라고 다그쳤다. 주인은 우리의 마음도 모르고 천천히 먹으라고 괜찮다고 얘기해주고, 휴지도 건네주는 다정함을 보여주었다. 결국 도망치듯이 케밥을 먹고 나왔다. 우리는 다시 집으로 무사히 돌아왔고, 소화도 잘 시켰다. 쌩뚜엉에 대해 주변에서 조심해야 한다는 말을 많이 들은 상황에서 너무 저렴한 가격과 무서운 인상을 가진 주인아저씨의 조합은 그 짧은 30분 정도의 시간을 세 시간처럼 느껴지게 했었다. 그런데 여행을 다녀온 지금까지도 쌩뚜엉의 그 케밥이 자꾸 생각난다. 그래서 지나가다 케밥 집이 있으면 반가운 마음에 추억을 떠올리며 먹어보게 된다. 비싼 곳, 좋은 곳, 그 어느 곳에서 먹어봐도 그때 먹었던 그 케밥만 못하였다.

4. 포르투갈의 매력

유럽 끝에 자리 잡고 있으며, 스페인에 가려 여행지로 크게 주목받지 못한 나라가 있으니 바로 포르투갈이다. 그렇지만 포르투갈의 역사를 이해하고 포르투갈이 전 세계에 남긴 흔적을 알게 된다면, 그 매력에 빠져서 나처럼 포르투갈 여행에 대한 로망을 갖게 될 것이다.

포르투갈은 바다와 관련이 깊은 나라이다. 13세기 십자군 전쟁에서 패배한 유럽은 향신료를 얻을 수 있는 중요한 교역 루트였던 지중해 길을 한동안 잃게 된다. 그 이후로는 베네치아 등 몇몇 해상 도시들이 장악했고, 유럽 끝에 있는 포르투갈이 향신료를 얻기 위해서는 큰 비용을 내야만 했다. 이마저도 구하기가 쉽지 않았다. 이에 포르투갈의 엔리케 왕자는 향신료를 얻기 위해 베네치아 공화국이 장악한 지중해 길 대신에 아프리카 대륙을 남쪽으로 빙 돌아가는 바닷길을 유럽 최초로 개척하기 시작했다. 15세기 말 마침내 바르톨로메우 디아스는 아프리카의 가장 남쪽인 희망봉을 발견하게 되었고, 이후 아프리카 대륙을 돌아 아시아로 향하는 길을 열게 된다. 이때부터 포르투갈의 대항해 시대는 시작되었다. 끝도 없이 이어지는 수평선을 바라보며 꿈을 꾸었을 엔리케 왕자가 배를 만들어 항해를 시작했던 곳이 바로 항구 리스본이다. 리스본은 아시아에서 가장 멀리 떨어진 유럽이었기에 서러웠겠지만, 반대로 대서양으로 가기 위해서는 출발하는 곳이 될 수 있었다. 육지를 기준으로 보면 가장 안 좋은 위치였지만, 바다를 기준으로 보면 최적의 입지인 셈이다. 리스본의 벨렝지구에는 엔리케 왕자를 비롯해 대항해 시대를 주도했던 포르투갈의 위인들이 모여서 바다를 바라보는 발견기념비가 있다. 그 옛날에 그들은 바다를 보며 무엇을 상상했을까. 답답하고 꽉 막힌 듯한 일상을 살고 있는 이에게 리스본 바닷가를 추천한다. 이곳에서 인생을 점검한다면

떠나보면 알지

"어렵고 절망적인 상황에서 포기를 선택하지 말고 절망의 반대편을 보면서 한 번 더 도전을 선택하고 살아 내보자!"라고 대항해 시대를 개척했던 포르투갈인들의 외침을 듣게 될 것이다. 삶으로 증명해 냈던 그들의 응원을 듣기 위해 리스본에 가야겠다.

포르투갈 사람들에게 바다란 해수욕을 즐기고 수상 레포츠를 즐기는 오락의 의미를 넘어 인생의 전부가 담겨있을 것이다. 그러한 모든 삶이 담겨있는 음악이 '파두'이다. 바다로 떠난 이들을 그리워하는, 남아 있는 이들의 마음을 그 누가 위로할 수 있었을까. 바다를 바라보며 느꼈을 삶의 뜨거웠던 순간, 차가웠던 순간, 뿌듯함, 떠나지 못하게 잡지 못한 아쉬움까지 모든 포르투갈 사람의 '한(恨)'을 모아서 노래로 표현한 것이 파두이다. 이와 비슷한 음악이 있다면 바로 한국인의 한(恨)을 노래한 아리랑이 아닐까. 리스본에는 파두 거리가 있다. 그 거리에서 아무 가게에 들어가 파두 한 소절을 듣고 싶다. 아리랑이 있는 민족인 한국인에게 파두는 어떻게 들릴지 궁금하다. '한'이라는 정서가 지구 반대편에서도 음악의 주제가 되는 것이 반가우면서도, 어떻게 비슷하고 다를지 직접 들어보지 않고는 알 수 없을 것이다.

포르투갈이 대항해 시대를 시작할 비슷한 시기에 콜럼버스의 활약으로 스페인은 대서양을 가로지르는 바닷길을 개척하였다. 그래서 지구를 왼쪽으로 도는 스페인과 오른쪽으로 도는 포르투갈이 만나게 되었고, 이들의 갈등을 로마의 교황이 중재하여 지구 위에 선을 하나 긋고 서로 넘어가지 않기로 합의한다. 교황에게 지구에 선을 긋고 땅을 나눠주는 권한이 있으랴마는 교황은 십자군 전쟁의 패배로 무너진 자존심을 회복하고 싶었고, 교황에게 잘 보이고 싶었던 스페인과 포르투갈이 있었기에 가능했던 것이리라. 중재를 한 장소의 지역 이름을 딴 토르데시야스 조약이 그렇게 체결되었고, 브라질을 기점으로 오른쪽 지역(아프리카, 아시아)을 포르투갈이 차지할 수 있었다. 참고로 브라질을 제외한 남아메리카 전 지역은 스페인의 지배를 받게 되었다. 이때부터 포르투갈은 아시아의 해안가에 식민도시를 본격적으로 개척하게 된다. 중요한 해안 식민도시 중 하나가 바로 인도의 고아이다.

포르투갈은 고아를 통해서 인도로부터 향신료를 안정적으로 공급받고자 했다. 동시에 그곳에 살고 있는 무슬림 세력을 약화하고 기독교를 확장하려고 했다. 인도 항해에 성공한 바스쿠 다가마는 포르투갈의 꿈을 이뤄주었다. 고아는 인도에 세워진 포르투갈의 식민도시이다. 인도의 문화와 포르투갈의 문화가 섞이면서 450년의 세월을 보냈고, 고아만의 문화가 만들어지게 되었다. 현재는 그 가치를 인정받아 도시 전체가 세계문화유산으로 지정되었고, 아름다우면서 동시에 문화적 가치가 큰 도시가 되었다.

리스본에서 물음표로 닻을 올린 항해가 고아에서 느낌표로 닻을 내리기까지 바다 위에서 바스쿠 다가마는 어떤 생각을 하였을까. 고아에서 꼭 가야 할 해변이 바가 비치이다. 해 질 녘의 바가 비치는 정말 아름답다고 한다. 바가 비치를 거닐면서 자연의 아름다움만 보는 것이 아니라 한 사람이 가진 꿈의 아름다움을 생각해 본다면 여행의 깊이가 깊어지면서 이곳에 오길 잘했다는 생각이 들 것이다. 바스쿠 다가마가 걸었을 그 해변을 산책하는 기분이 어떤지 꼭 느껴보고 싶다. 물론 잘 개발된 여행지이기 때문에 다양한 수상 레포츠도 있다니 짜릿한 경험도 할 수 있다. 인도에서는 볼 수 없는 유럽풍의 고급스러우면서 바다 경치를 즐길 수 있는 레스토랑의 해산물 요리도 맛보고 싶다.

인도여행을 검색해 보면 고아 여행에 대한 소개도 심심찮게 볼 수 있다. 멀리 포르투갈까지 가지 않아도 유럽 스타일의 도시여행이 가능하다는 소개이다. 단순히 인도에서는 볼 수 없는 유럽풍의 도시이기에 고아를 가봐야 한다면 그건 고아를 절반만 이해하는 것이다. 포르투갈인들의 꿈이 도착한 곳이고, 또 시작된 곳이기에 그곳에 세워진 성당 및 건축물들이 의미 있게 다가오게 된다. 식민 지배를 받으며 생활했을 인도인들에 대한 연민도 좋고, 낯선 곳에서 새로운 도시를 개척한 포르투갈인들의 도전정신을 느끼는 것도 좋겠다. 추가로 아시아에서 고아가 아닌 다른 곳에서 포르투갈을 만나고 싶다면 중국의 마카오와 말레이시아의 믈라카를 추천한다.

5. 조금 특별한 여행의 조건 두 가지!

　한국인들이 쓴 여행책을 읽거나 SNS를 검색해 본 뒤 선택한 여행지에는 어김없이 여행객의 대부분은 한국인들이다. 대부분 같은 식당에서 같은 메뉴를 주문하고, 같은 구도로 사진을 찍게 된다. 이런 여행을 하게 되면 안정감과 편함은 있을 수 있겠으나, 참 여행의 맛을 느꼈다고 하기에는 아쉬운 부분이 있다. 그렇다고 여행이란 것이 모두가 안 가본 곳에 가봐야 하거나, 새로운 것을 경험해야 하거나 하는 것만은 아니다. 중요한 것은 자신만의 여행 스타일을 찾아야 한다. 따라다니는 여행 말고, 다른 사람에게 자신의 여행 경험을 소개할 수 있는 여행가가 된다면 어떨까. 그럴 때 좀 더 여행을 깊이 느낄 수 있다.

　물론 여행을 준비할 때 우리나라에서 만든 안내 책자나 인터넷 정보를 참고할 수 있다. 소개하는 여행가가 되려면 그것만 의존해서는 안 되고, 구글 지도를 활용할 것을 추천한다. 특히 맛집 검색을 할 때, 한국인들은 구글 지도를 잘 사용하지 않는데, 구글 지도에는 식당의 평점을 기록하는 기능이 있다. 구글 지도에 높은 평점을 받은 식당이 있다면 세계 여러 나라 사람에게 인정받은 것이니 어느 정도 믿고 가볼 만하다. 구글 지도에서 높은 평점을 받은 식당인데 SNS에 한글 후기가 없다면 난 가슴이 두근거린다. 이런 경우는 두 가지 중 하나인데, 첫 번째는 현지인들의 입맛에만 맞는 맛집일 경우가 많아 한국인들 입맛에는 안 맞는 경우다. 하지만 이를 통해 관광지 어디에서나 먹어볼 수 있는 그런 음식 맛이 아닌 현지의 맛을 경험해 볼 수 있기에 용기 있는 도전을 칭찬해 주면 된다. 두 번째 경우는 소개할 만한(혹은 나만 알고 싶은) 맛집을 찾게 된 거니, 여행전문가로서의 첫발을 내디딘 것이다.

한번은 로마에서 구글 평점이 5점 만점에 4.8점인 식당이 있어서 부모님을 모시고 갔다. 한국인은 우리밖에 없었고 전부 현지인들만 앉아서 식사하고 있었다. 추천메뉴를 주문하고 먹어보니 우리 입맛에는 모든 음식이 너무 짜서 얼마 먹지도 못하고 나온 적이 있다. 그런데 부모님께서는 한국에 오신 뒤에 친구분들을 만나면 그 식당 얘기를 꼭 꺼낸다고 하셨다. 로마의 그 식당에 간 한국인은 당신들뿐인 것 같다고 좋은 경험을 하게 해주어 고맙다는 인사도 같이 해 주신다.

여행을 가면 현지에 있는 영어 서점을 꼭 찾아서 들르곤 한다. 서점에 가면 그 나라의 문화 수준을 볼 수 있고, 책과 문화를 사랑하는 주인들이 있어서인지 서점을 갔다 오면 항상 기분이 좋았다. 지역의 서점을 일부러 찾아가게 되면 서점 주인은 어떤 책을 즐겨 보는지 확인하는 재미가 있고, 책을 진열한 방식과 책방의 인테리어를 느껴보는 즐거움이 있다. 책이 너무 많아서 이중 삼중으로 책이 쌓여 있는 서점도 있고, 여기가 서점인지 문방구인지 모를 정도로 책은 장식이고, 여러 상품이 잘 전시된 서점도 있었다. 런던이나 파리의 서점은 크기도 크거니와 역사도 깊은 경우가 많았다. 오랜 세월 동안 책을 사랑하는 사람들을 맞이했을 것을 생각하니, 그동안 왔다 간 사람들이 남겨 놓은 긍정적인 에너지를 얻어 가는 기분이 든다. 덤으로 서점에서 예쁜 상품을 발견한다면 금상첨화 아니겠는가. 여행지에서 살 수 있는 어떠한 기념품보다 의미도 있으면서 흔하지 않은 기념품을 얻을 수 있다. 게다가 서점이다 보니 책과 관련된 용품인 경우가 많다. 에코백이나 메모지, 엽서, 책갈피 등 일상에 돌아와서도 자주 사용할 수 있고 활용도도 아주 높다.

네덜란드 암스테르담에는 ABC(American Book Centre) 서점이 있다. 거기서 산 에코백은 디자인도 흔하지 않을뿐더러 가격 대비 아주 튼튼한 재질로 만들어져서 들고 다니기에 좋았다. 같은 가방을 들고 다니는 사람을 거의 만나지 못하니 특별한 느낌이 들었다. 누가 물어보게 된다면 여행을 갔을 때의 소중한 추억을 꺼내어서 들려줄 수 있어서 가진 사람과 궁금한 사람 모두를 만족시켜 주는 귀한 에코백이다.

한국을 여행할 때는 독립서점은 어디에 있는지 꼭 찾아볼 것을 추천한다. 우리나라에는 독립서점이 생각보다 많다. 아내는 나에게 "서점의 수준이 그 나라의 수준을 보여주는 것 같아."라고 말하곤 하는데, 정말 동의하는 바이다. 이 동네에도 서점이 있을까 싶어서 네이버 지도나 검색엔진을 통해 검색해 보면 한두 군데는 꼭 나온다. 기존의 여행 일정에서 서점이나 문구점을 한두 군데 추가한다면 기존의 여행

떠나보면 알지

과는 다른 색다른 여행이 될 것이다. 책을 사랑하고, 문구류를 사랑하는 사람들이 가지는 특유의 따스함은 일상에서 지쳤던 나에게 위로이고 응원이다. 서점 주인의 취향에 따라 진열된 책을 보는 재미도 쏠쏠하거니와 서점 주인의 책을 사랑하는 따스한 마음을 느낄 수 있어 잠시 책과 멀어졌던 나 자신을 반성하고 다시 책과 가까워지게 만들어 주는 시간이 될 수 있다.

6. 떠나는 사람과 기록하는 사람

여행을 직접 계획하고 여행을 떠나는 것을 좋아한다. 6개월에 한 번은 비행기에서 구름의 윗면을 봐야 사는 것 같았다. 내가 여행을 직업으로 삼고 있는 것도 아닐뿐더러 누구나 다 이 정도 여행은 한다고 생각했다. 그래서 여행 이야기로 글을 쓴다는 생각은 하지 못했다. 특히 '여행으로 글을 쓰는 사람은 일 년 중 집보다 호텔에서 자는 날이 더 많아야 하지 않을까?'라는 나만의 기준도 있었다. 글쓰기 실력도 중요하지만, 글감도 특별한 것이 없어서 지금까지 글쓰기는 엄두도 내지 못했다. 글쓰기 실력이 정점에 이르고, 여행하는 날이 많아진 다음에 모두가 좋아할 만한 글을 써서 책을 내자마자 베스트셀러 작가에 오르게 되는 것이 아닌 다음에야 나는 여행작가라는 이름으로 글을 쓰는 건 할 수 없을 것 같았다.

　여행하는 횟수가 늘어나면서 정리하지 못한 여행은 시간이 지날수록 기억이 희미해지고 찍어둔 사진들은 휴대전화 속에서 먼지만 쌓여갔다. 사라지고 지워지기 전에 결단하고 선택해야 했다. 여행을 멈추지 않을 거라면, 먼저 가졌던 소중한 시간과 기억들이 뒤이어 합류하는 사랑스러운 기억들로 인해 소멸하기 전에 기록으로 남겨야 했다. 그런 생각을 하고 있어서인지, 때마침 기회가 찾아왔다. 이번 공저에 참여하기로 선택할 때, 여행을 떠날 때마다 나와 함께했던 바로 그 용기가 필요했다. 여행과 글쓰기는 비슷하다고 생각한다. 비행기 표를 예매하는 마음으로 이번 글쓰기를 신청했다. 일정을 계획하는 것처럼, 나의 여행 이야기를 글로 옮기기 시작했다. 다만 차이점이 있다면 계획은 실행하기 전까지 잘된 계획인지 정확히 알 수 없지만, 글쓰기는 퇴고가 가능하다는 것이다. 내가 쓴 글을 고치고 다시 고칠 수 있다는 것이 처음 항공권을 예매할 때 가졌던 마음가짐을 생각나게 했다. 용기가 생겼다.

　이번 글쓰기에 참여하면서 확실히 느낀 한 가지는 사람마다 각자의 여행법이 있는 것처럼 사람마다 글을 쓰는 방식이 다양하다는 것이다. 시작하게 되니 알 수 있었다. 주저했고 멈칫했던 순간이 있었음에도 나는 나만의 여행을 해왔고, 그 기억과 경험들이 내 가슴에 오롯이 쌓여 있었다. 첫 번째 글쓰기를 선택했고, 이제 마침표를 찍는다. 나의 여행 에세이가 총 몇 편일지 아직은 알 수 없지만, 이번 글쓰기를 통해 앞으로 나의 여행은 더 눈부실 것이고, 나의 글쓰기도 더 단단해질 것이라 기대한다.

여주 신륵사 바위 끝 정자에 앉아 흐르는 남한강을 보았다.
행주로 식탁을 닦아 내듯이 강물로 내 마음을 닦아본다.

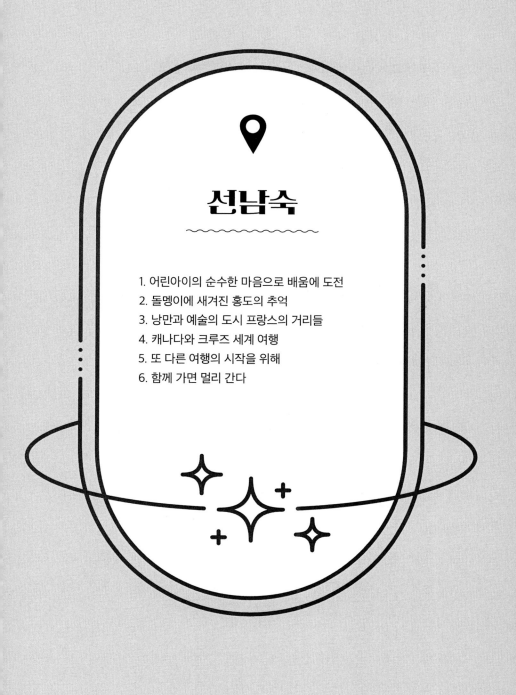

선남숙

1. 어린아이의 순수한 마음으로 배움에 도전

공무원으로서 여정을 시작했던 첫날을 기억한다. 설렘과 동시에 느꼈던 책임감은 지금도 생생하다. 발령받은 첫날, 새로운 도전에 직면하면서 예상치 못했던 환경, 업무에 대한 끝없는 열정, 힘들었던 과정에서 얻은 삶의 교훈들이 현재의 나를 있게 했다.

"세상은 넓고 할 일은 많다"라는 김우중 회장의 말처럼 가봐야 할 세상은 끝이 없다. 넓은 세상을 경험하고 글을 써서 기록으로 남기는 일을 소명으로 여기며, 여행작가로서의 새 출발을 위해 이제 막 걸음마를 시작하였다. 인생 최대 목표인 책을 펴내는 작업의 길로 들어가기 위해 과감한 도전을 했다.

세 번의 스무 살 인생을 살아오며 그저 웃고, 즐기며 사진 몇 장 남기는 흔한 여행에서 벗어나고 싶었다. 나만의 느낌을 살린 생생한 표현으로 독자에게 작은 감동을 주고 추억을 되새기는 의미 있는 순간으로 남기고자 한다.

그동안 경험하고 느꼈던 일들은 인생의 소중한 자산이 되었다. 삶의 달고 쓴 희로애락은 최고의 양념으로 버무려져 맛깔나는 인생 2막의 무대를 멋지게 펼쳐 나가는 힘의 원천이었다.

혼자가 아니기에 겁이 나지 않았다. 퇴고할 때까지 함께 고생해야 하는 다른 작가들이 있기에 서로가 서로에게 힘이 되어 주리라 생각했다. 글쓰기에 문외한인 초짜 무지렁이가 작가로 변신하기까지 앞에서 이끌어 주고 뒤에서 채찍질을 해줄 최서연 멘토님이 계시기에 무조건 믿고 따르고자 생각하니 두려운 마음도 사라졌다.

스펀지에 잉크를 흠뻑 빨아들이듯이 하나하나 놓치지 않고 열심히 앞만 보고 가고자 한다. 한글을 처음 배우는 아이의 마음으로 마침내 한 글자, 한 단어, 한 문장을 순수한 마음가짐으로 배워 나가겠다.

2. 돌멩이에 새겨진 홍도의 추억

대학 시절 동아리 활동으로 사진반에 들어가 활동했다. 여름방학이 되자 선배, 동기 등과 함께 작품 사진을 찍기 위해 신안의 도초를 거쳐 흑산도, 홍도를 여행하게 되었다. 목포에서 배를 타고, 도초까지 가는 데 무려 6시간이나 걸렸다. 잠을 자기 전에 섬마을에서 지켜야 할 규칙들을 설명해 주었다. 특히, 섬의 특성상 사람이 죽으면 바로 매장하지 않고 시체를 그대로 놓아두는 '초분'이 많다는 말을 들었다. 낮에 여기저기서 보았던 풀 더미가 초분이었다고 생각하니 무서워서 첫날밤을 뜬눈으로 새우기도 했다.

이튿날 짐을 챙겨 흑산도에 도착했을 때는 깜깜한 밤이었다. 심한 파도, 뱃멀미 등으로 멋진 풍광도 아름다운 바다의 새하얀 물거품도 눈에 들어오지 않았다. 그러나 밤이 되자 인적이 드문 밤바다의 모닥불은 뜨거운 열정과 낭만으로 부풀어 있는 새내기 대학생의 마음을 흔들어 놓기에 충분했다.

〈조개껍질 묶어〉의 노래가 흑산도의 파도 소리와 함께 깊은 밤 젊은 청춘들의 가슴에 사랑의 불을 지펴 놓았다. 낮에 배를 타며 고생했던 순간은 어느덧 밤하늘의 아름다운 은하수 속에 묻히고, 함께 동화된 젊음의 열기는 밤이 깊도록 식을 줄을 몰랐다.

육지 사람들의 손을 타지 않은 흑산도는 꾸밈이 없는 자연 그대로 모습으로 한 폭의 그림이었다. 요즘처럼 들썩이는 관광지의 모습이 아닌 수수함과 소박함이 있어 좋았다. 인정이 넘치는 섬사람들의 환대에 도취 되어 고기잡이배를 따라 즐겁게 보냈던 그 시절이 문득 추억이 되어 돌아왔다.

날이 새어 홍도에 들어가니 여기저기서 환호성이 터져 나왔다. 맑디맑은 바닷속의 생물들이 금방이라도 잡힐 듯 가까이 보여 손을 내

떠나보면 알지

밀어 넣어 보기도 했다. 홍도는 아름다운 천혜의 섬 자체였다. 개발이 더딘 덕분에 변변한 숙박시설조차 없어 마을 이장 집에서 민박했다. 집이 옹기종기 붙어있었고, 물도 마음대로 쓸 수 없어 아껴 쓰느라 제대로 씻지도 못했다. 부녀회장이 끓여주는 생선국은 얼마나 맛이 있었던지 지금도 그 맛을 잊을 수 없다.

오후가 되자 배를 타고 섬의 일대를 유람하며 멋진 풍경들을 카메라에 담기로 했다. 오랜 세월 풍파에 씻기고 깎여 생겨난 바위들의 모습에 감탄이 저절로 나왔다. 이제는 이름조차 잊어버린 온갖 기암괴석들과 파란 바다가 눈앞에 어른거린다. 동굴 속으로 들어가며 꺅 소리도 질렀다. 2시간여에 걸친 홍도의 유람은 아름다운 풍경과 추억으로 가슴에 남아 있다. 수없이 눌러대던 카메라 셔터와 함께 아침 안개에 싸인, 돛이 달린 낚싯배의 신비한 모습을 앵글에 담아 첫 사진작품으로 남겼다. 40년이 지난 지금도 친정의 내 방에 걸려 있다.

마지막 날 집으로 돌아오기 위해 부둣가에서 배를 기다리고 있을 때 홍도를 떠나는 여행자들의 짐과 배낭을 조사하기 시작했다. 이곳에서 나는 돌, 나무, 풍란 등은 모두 천연기념물로 지정되어 있어 외부로 가져갈 수 없도록 법으로 정해져 있기 때문이다.

아뿔싸! 이 무슨 낭패인가? 내 차례가 되었을 때 가슴이 두근두근

뛰기 시작했다. 돌멩이 두 개를 배낭 속 깊숙이 꼭꼭 숨겨 놓았는데 귀신같이 찾아낸 경찰이 나를 데리고 부둣가를 빠져나갔다. "천연기념물을 반출하여 법을 어겼으니, 벌을 받아야 한다."라고 했다. 엉엉 울며 잘못했다고 싹싹 용서를 빌었다. 진심으로 뉘우치는 모습에 여러 번의 다짐을 약속받고서야 겨우 집으로 돌아왔다.

지금도 그때의 순간을 생각하면 가슴이 철렁 내려앉는다. 무지하였고, 쓸데없는 욕심을 부렸기에 많은 사람 앞에서 창피를 당했다. 하마터면 집으로 돌아올 수도 없는 상황이 될 뻔했으니 얼마나 황당한 일이었는가? 덕분에 천연기념물에 대한 소중함을 배웠다.

바다에 가게 되면 그 지역의 예쁜 돌을 집으로 가져오는 습관이 있다. 깨끗이 씻은 돌멩이에 그날의 감정이 담긴 시를 적어 진열해 놓고 추억을 꺼내보는 일은 나만의 의식이며, 내가 좋아하는 여행 루틴이다.

뜨거운 태양 아래 새까맣게 그을린 80년대의 내 청춘은 바다와 함께 낭만을 쌓았다. 추억의 기억 저편으로 사라져 가는 석양의 노을처럼 이제는 노년의 황혼을 바라보며 잔잔한 웃음을 짓는다.

떠나보면 알지

3. 낭만과 예술의 도시 프랑스의 거리들

2016년 직장 동료들과 함께 서유럽인 영국, 프랑스, 스위스, 이탈리아의 4개국을 9박 10일 동안 다녀왔다. 유럽 여행을 한다는 기대와 설렘으로 하루하루가 즐겁고 신이 났다. 책을 통하여 배워왔던 유럽의 역사와 문화, 예술 등의 정보를 수집하고 공부하는 일은 또 하나의 기쁨이었다.

영국의 히스로 공항을 거쳐 버킹엄 궁전 앞 광장, 타워 브리지, 런던 성, 빨간색 이층 버스 등을 구경하며 영국이라는 나라에 대한 호기심이 커졌다. 고등학교 때 국어 선생님이 영국에서 살다 오신 경험담 중 '신사와 안개의 나라'에 대한 의미를 설명해 준 덕분에 조금이나마 궁금증을 해소할 수 있었다.

영화나 책에서만 보았던 영국의 귀족, 아름다운 성(城), 왕정(여왕), 근위대의 모습을 뒤로 한 채 이웃 나라인 프랑스에서 여정을 시작하였다. 개선문과 노트르담 성당, 콩코르드 광장, 몽마르뜨언덕, 샹젤리제 거리, 베르사유 궁전, 센강, 루브르 박물관은 잊지 못할 낭만과 예술미가 넘치는 곳이었다.

몽마르뜨언덕을 오르며 젊은이들의 뜨거운 열정을 느꼈다. 언덕에

앉아 도시의 전경을 바라보니 파리의 상징인 에펠탑이 위용을 자랑하고 있다. 개선문을 지나 샹젤리제 거리를 걸으며 노천카페에서 진하디진한 커피를 마시며 알랭 들롱, 피카소 등을 얘기하고 멋과 예술이 살아 숨 쉬는 현장 속에 함께 있다는 것에 무한한 자긍심을 가졌다.

저녁이 되자 파리의 도시는 더욱 화려하고 아름다웠다. 센강의 유람선을 타고 밤의 낭만을 즐겼다. 오후 7시가 되자 에펠탑에 불빛이 들어왔다. 센강을 따라 수많은 역사 건축물에서 아름다운 조명이 만들어 내는 빛의 향연을 보며 감탄을 내뿜었다. 특히, 노트르담 성당의 모습은 장관이었다. 영화 속의 '노트르담의 꼽사등이'가 탑에 올라 금방이라도 종을 칠 것만 같은 분위기였다.

다음날은 에펠탑을 구경하기로 하였다. 밤에 멀리서 보았던 아름다운 야경의 모습과는 달리 수천, 수만 톤의 철로 만들어진 탑을 힘들게 올라갔다. 높은 곳에서 바라본 파리의 모습이 한눈에 들어왔다. 사방팔방의 전경을 보며 유구한 세월의 역사가 이루어 낸 고대와 현대의 조합이 어우러진 역사적 장소에서 자유와 민주, 인권을 떠올렸다.

프랑스 혁명 100주년을 기념하여 1889년에 만들었다는 구조물이 처음에는 '추악한 철 덩어리'라고 비판을 받았다. 후대들은 파리의 상징이 된 탑으로 수많은 관광 수입을 올리고 있으니, 구스타브 에펠의

창조적인 예술적 가치가 프랑스 온 국민을 먹여 살린다 해도 과언이 아니다. 이 또한 부러움의 대상이었다. 역사와 전통의 보존이 잘 되어 있어 성당, 궁전, 박물관 등의 볼거리가 많았다.

루브르 박물관 견학은 형언할 수 없는 감동과 벅찬 희열로 작품 하나하나마다 눈을 뗄 수 없었다. 미켈란젤로의 조각상, 모나리자, 나폴레옹 대관식 등의 미술책에서만 보아 왔던 걸작을 하루 만에 보아야 한다는 게 너무 아쉬웠다. 그림들 앞에 서면 그 시대의 역사 속에 내가 존재하는 듯한 느낌이었으며 깊은 고뇌와 우수 속에 만들어진 고귀한 영혼의 외침이 들려오는 듯했다.

작품들을 감상하고 있을 때 파리의 초등학생들이 노트를 들고 선생님의 말씀에 열심히 귀를 기울여 듣고, 기록하는 모습이 보였다. 가이드에게 물었더니 "의무적으로 한 달에 한 번은 반드시 박물관에 오는 정규 수업 과정이 있다"라고 하였다. 어려서부터 자연스럽게 역사와 예술과 문화를 보고, 배우며 전통을 계승하고 있다.

다시 한번 와보고 싶은 루브르 박물관에서의 감동은 지금도 잊을 수가 없다. 루이 14세가 지었던 베르사유 궁전도 호화롭고, 장엄하기조차 했다. 특히 거울의 방은 신기했고 이 방에서 베르사유 조약을 맺었다고 했다. 또한 루이 16세의 왕비 마리 앙투아네트가 호사를 누린 곳으로 천정에 그려진 벽화의 화려함은 절정을 이루었다.

문화, 예술, 역사, 낭만을 빼놓을 수 없는 프랑스는 잊지 못할 여행지로 오랫동안 머무르고 싶은 여운이 많은 도시이다. 추후 기회가 생긴다면 오르세 미술관도 꼭 가봐야겠다.

말로만 들었던 달팽이 요리도 의외로 맛있었으며, 와인의 고장인 만큼 화이트, 레드 와인의 맛도 잊을 수 없다. 어느 지방 수도원에서 만든 와인을 두 병 사서 집에 가져와, 그때의 추억을 생각하며 음미하기도 했다. 식사 때마다 곁들여 먹었던 발사믹 식초와 올리브 오일은 가장 좋아하는 소스로 지금까지 즐겨 먹고 있는 식품 중의 하나이다.

떠나보면 알지

4. 캐나다와 크루즈 세계 여행

크루즈 세계 일주 여행은 인생 버킷리스트의 맨 마지막 줄에 적혀 있다. 평생 꿈을 이루어 나가기 어려운 일 중의 하나라고 생각했다. 흔히 아는 크루즈는 영화 〈타이타닉〉 같은 화려한 여행을 상상한다. 시간적 여유가 많은 노인층, 돈이 많이 들어가는 여행으로 꿈의 여행으로만 생각하고 감히 시도해 보려고조차 하지 않는 게 사실이다.

나 역시 막연하게나마 '언젠가는 갈 수도 있겠지?'라는 생각만 해왔기에 애써 가보려고 하지도 않았고, 주변 사람들도 대부분 크루즈 여행에 대한 정보들이 없었다. 우연히 정보를 탐색한 후 색다른 여행의 매력에 푹 빠지게 되었다.

4,500여 명의 승객과 승무원을 태운 아시아 지역(중국에서 일본)을 항해하는 크루즈를 처음 경험하고 난 이후 유럽의 지중해, 알래스카를 넘나드는 20만 톤급의 대형 크루즈를 타보고 싶은 생각이 간절해졌다. 다양한 정보를 수집하여 3년 후의 여행계획을 세우기로 했다.

캐나다에 사는 동생의 도움을 받아 가족 여행 일정을 지금 준비 중이다. 한 달 정도 시간적 여유를 만들어 느긋한 쉼과 힐링이 되는 여정을 생각하고 있다. 오로라를 보며 오색찬란한 빛의 향연을 즐기는 것, 2박 3일의 산악 열차를 타고 100년 전의 시간여행을 해보는 것도 멋진 관광이 될 거라고 적극 추천하여 일정에 포함하였다. 캐나다의 국경지대인 미국도 가볼 예정이다. 몇 해 전 친정 부모님이 이 지역을 여행하며 무척 좋아하셨다고 하여 부모님에 대한 추억을 회상하며 발자취를 따라가 보려고 한다.

마지막으로 빙하 여행이다. 캐나다는 위치적으로 접근성이 좋아 알래스카를 쉽게 다녀올 수 있다. 크루즈를 선택해서 낭만과 여유가 넘치는 한가로운 시간을 보내고자 한다. 알래스카 크루즈 여행은 2박 3일 정도의 짧은 일정이기에 아쉬움이 많을 것 같아 다른 코스의 크루즈도 타볼 예정이다.

밴쿠버에서 탈 수 있는 유럽 여행도 있다. 스페인, 그리스, 이탈리아, 튀르키예, 크로아티아, 포르투갈을 거치는 지중해는 최상의 만족을 주는 여행의 꽃이 아닌가 싶다. 여건이 된다면 계속하여 크루즈 세계여행을 하며 인도양, 대서양, 태평양의 바다를 거대한 나만의 세계로 옮기려 한다.

여행을 다니며 많은 사람을 만나고 싶다. 지구촌 곳곳에서 나라와 모습은 달라도 삶은 결코 나와 다를 것이 없는 그들의 일상을 보며 내면에 숨어 있는 나를 찾고자 한다. 언어는 통하지 않아도 마음으로 느껴지는 꾸밈없는 환한 웃음을 보이련다. 길을 걸으며, 열차 속에서, 크루즈 안에서 그들과 함께 감정 하나하나를 느끼며 인간적인 순수한 정을 나누겠다.

지금까지 열심히 살아온 나에게 최고의 순간을 선물하기 위해 여행을 다닌다. 오감이 만족하면서도 마음을 비움으로써 채워지는 소소한 행복을 만들고 싶다. 집착과 욕심을 과감하게 던져 버리고 순수한 자연의 햇살과 바람과 공기를 온몸으로 받으며 오롯이 자연과 함께 보내는 치유의 시간을 원한다. 산과 들의 이름 모를 잡초들에서 아름답게 피어나는 온갖 꽃들과 아름드리나무 숲속에서 하나가 되어 마음껏 숨 쉬고, 있는 그대로의 나를 드러내 놓고 싶다.

3년 후, 2027년이 기대된다. 그날을 위해 반복된 일상의 틀 속에서 또 열심히 살아야 한다.

꿈이 있기에 여행을 떠날 수 있다는 희망을 품고, 즐거움 속에서 주어진 일을 하며 살겠다. 땀 흘리며 일하는 소중한 가치를 여행으로 의미 있고, 감사하는 마음을 가진다. 매일 빠짐없이 진정성 있는 진실한 글을 쓰며, 사람들에게 감동을 주는 부자의 모습으로 남고 싶다.

부자(富者)는 '생전에 재산을 많이 갖고 있거나, 사후에 많이 남긴 자가 아니라, 살아 있을 때 나를 위해 사용한 재물이 얼마인가에 따라 부자의 정도가 판단 된다'라고 생각한다. 그러니 아낌없이 나에게 투자하겠다!

5. 또 다른 여행의 시작을 위해

"여행은 다리 떨릴 때 하는 것이 아니라, 가슴 떨릴 때 하는 것"이라고들 말한다. 오래된 경험을 비추어 볼 때 공감이 간다. 어린 시절 소풍을 시작으로, 수학여행, 탐방, 연수, 등산, 배낭여행, 신혼여행, 캠핑, 크루즈 등의 여러 종류의 경험을 했다.

떠나보면 알지

어디론가 떠나기로 결정이 되면 그 순간부터 가슴이 떨리기 시작한다. '여행'이라는 단어만 들어도 두근두근 설레는 마음으로 종이와 볼펜을 꺼내, 세부적인 계획수립에 들어간다. 그때부터 나만의 진정한 여행이 시작되는 것이다. 아름다운 여행의 마무리를 위해, 동반자와 함께 끊임없이 대화하고 소통함으로써 서로 간의 의견을 존중하고 배려하는 시간을 만들어야 한다. 이러한 여행 철칙은 지금까지도 변함이 없다.

첫째, 여행계획을 세울 때 혼자가 아닌 동반자들과 함께 논의한다.
의견일치가 되면 구체적인 내용을 주도적으로 앞장서서 생각을 말한다. 다양한 경험 사례를 최대한 반영하여 그때그때의 상황에 맞추어, 더 안전하고 즐거운 여행이 되도록 한다.

둘째, 여행지에서는 끝까지 남아 뒷정리와 마무리를 한다.
현지에 가면 모두가 들뜬 마음에 가끔 일어나는 만일의 경우를 대비해야 하고, 마무리가 덜된 상황들을 마지막까지 깔끔하게 정리하기 위해서다.

셋째, 다른 사람들의 사진을 많이 찍어 준다.
아름다운 경치에 도취 되어 멋진 순간을 남기고 싶어 하는 것이 보통 사람의 마음이다. 자신만의 역사를 기록해 줄 사진을 남김으로써

선남숙

작은 감동을 주는 것이다. 개인, 가족, 단체 사진으로 그날의 감동과 추억을 회상하는 장면을 만들어 준다.

넷째, 여행 후기를 기록으로 남긴다.

재미있게 다녀온 여행도 시간이 지나면 다시 생각하기가 쉽지 않다. 시간이 허락된다면 당일의 감정을 기록으로 작성한다. 먼 훗날 시간이 지나고 추억을 다시 꺼내볼 때 즐거웠던 일들을 떠올리게 되며 함께 공유하는 시간으로 기억을 되살린다.

다섯째, 여행 후 반드시 만남의 시간을 갖는다.

여행을 다녀온 후 동반자들과 만남의 시간을 갖는다. 경비에 대한 정산을 정확히 하고, 반성과 소감을 나누며 총평을 마무리한다. 여행의 시작과 끝을 함께 정리하여 최대한 아쉬움이 남지 않도록 서로의 생각들을 충분히 소통한다. 이러한 과정들이 끝나고 나면 또 다른 여행을 계획할 수 있는 여유를 갖게 되기 때문이다.

언제든 바로 짐을 챙겨 떠날 수 있는 여행, 서로 교감하며 배려하는 마음으로 여행하다 보면 멋진 동행자가 될 수 있다.

6. 함께 가면 멀리 간다

갓난아기가 으앙! 하고 울음소리를 내며 세상에 탄생을 알리는 고귀한 순간처럼 종이책의 발간 소식을 접했을 때 숨이 멎는듯한 감동이 쓰나미처럼 밀려드는 순간이었다.

흔히들 글쓰기는 '산고(産苦)'라고 한다. 초고를 쓰고 퇴고의 과정을 거치면서 비로소 실감했다. 머리를 쥐어짜도 찾고자 하는 단어나 문장이 떠오르지 않아 앞이 꽉 막혀 더 이상 진도가 나가지 않을 때의 답답함은 점점 자신감을 잃어갔다.

과연 '끝까지 마무리를 잘할 수 있을까?' 하는 두려움이 엄습해 왔다. 여러 작가님들과 함께하는 일이라, 나로 인하여 좋지 않은 결과가 생길까 봐 미안함으로 작아지는 모습의 나를 발견하였다.

'혼자 가면 빨리 가고, 함께 가면 멀리 간다.'라는 아프리카 속담이 있다. 혼자서 하는 작업이었다면 분명 낙오자가 되었을 것이다. 그러나 우리의 멘토인 최서연 작가님이 냉정과 열정 사이를 오가며 끌어 주고 당겨 주었다. 같이 참여하는 12명의 작가님이 영차영차 힘을 모아 주었기에 가능한 일이었다. 서로 격려해 주고 다독여 주는 과정으로 끝까지 함께 올 수 있었다. 모두에게 박수를 보낸다.

내 이름 석 자가 들어간 책이 완성되었다. 이제부터 시작이다! 버킷 리스트의 한 페이지를 끄집어냈으니 꿈이 아닌 현실에서 실천하는 작가로 거듭나려 한다.

여러분! 멋진 삶, 아름다운 인생을 위해
행진을 멈추지 말고 계속 떠나요! 더 넓은 세상을 향하여

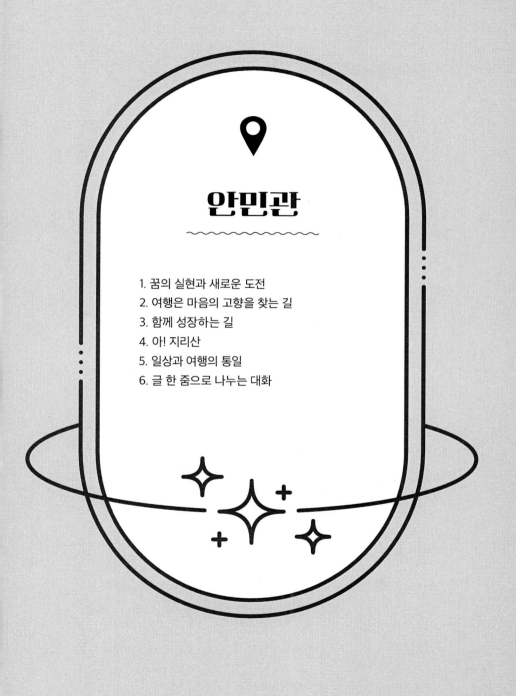

안민관

1. 꿈의 실현과 새로운 도전

책을 써보고 싶은 꿈이 있었으나 아직 역부족인 것 같아서 엄두조차 내지 못했다. 그러던 어느 날 최서연 작가님을 알게 되었다. 도서관에서 〈1인기업〉 관련 책을 찾다가 작가님의 책을 보게 되었다. "아직 멀었으니까, 지금 책을 쓰면 좋겠습니다"라는 대목에서 큰 영감을 받았다. 또 그 책에서 소개한 다른 책을 통해서도 많은 도움을 얻었다. 감사함의 표시로 작가님의 SNS 팔로워가 되었고, 그 SNS를 통해 이번 〈여행 에세이 공저〉에 참여할 수 있게 되었다. 일련의 나비효과처럼 연쇄반응이 일어난 것이다. 꿈을 실현할 기회가 왔다.

기회가 왔는데도 새로운 일에 첫발을 들이기는 항상 두렵고 어렵다. 이럴 때는 그냥 꽉 해버려야 한다. 멈칫멈칫하다가 결국 무위로 끝나는 일들이 많았다. 이번에는 눈 질끈 감고 절벽에서 나를 던지듯 그냥 해버리기로 했다. 찰나의 두려움만 극복하면 새로운 세상이 펼쳐질 것이다. 두려움이라는 경계를 넘는 자만이 누릴 수 있다. 이번 책 쓰기는 그 경계를 넘어가는 새로운 도전이다.

이 책의 저자 한 명으로 참여한 것은 꿈의 실현이자 새로운 도전이라는 의미를 부여했다. 꿈이라 하기엔 다소 초라하고, 도전이라 하기엔 늦지 않았나 싶기도 하다. 그러나 인생은 생각보다 길다. 무엇이든

떠나보면 알지

지금 시작해도 늦지 않으리라. 눈 밝은 멘토와 서로 손잡아 주는 동행자들을 만나 책쓰기라는 여행을 시작한다.

2. 여행은 마음의 고향을 찾는 길

갓 스물 대학생 시절, 여름방학 기간 중 한 달 동안 아르바이트로 막노동을 했다. 거기서 번 돈 20만 원을 들고 혼자 전국 일주에 나섰다. 진해에서 출발하여 경주, 청송 주왕산, 안동, 울진, 강릉, 양양, 속초, 인제, 춘천, 서울, 공주, 계룡산, 논산, 광주, 나주, 순천, 함안, 마산까지. 우리나라 국토 외곽을 반시계 방향으로 도는 코스였다. 6박 7일이 걸렸다. 시외버스, 기차 등 대중교통을 이용했다. 대중교통 시간을 잘 맞추어야 했는데 〈시각표〉라는 당시의 월간지를 활용했다. 국내 철도, 항공, 해운, 고속버스, 시외버스, 주요 관광지 입장료 등 모든 국내 교통·관광 정보가 수록되어 있었다. 전국지도 책과 시각표를 펼쳐놓고 군사작전 짜듯 아주 세밀한 기획력을 발휘해야 한다. 숙박은 야영과 민박을 이용했다. 배낭에 여벌 옷, 비상식량과 함께 취사도구 및 텐트를 짊어지고 다녔다. 요즈음이야 캠핑 문화가 발달했지만, 당시 최적의 야영장은 학교 운동장이었다. 숙직 선생님과 얘기만 잘 되면 운동장 수돗가만큼 좋은 야영장이 없다. 왜냐하면 텐트 치기 쉬운 평지인 데다, 식수, 화장실 모두 해결되기 때문이다. 조용하고 깨끗하고 안전하기까지 하다. 다만, 동네 불량배들이 들락거리는 경우가 있긴 했지만 때로는 그들이 말동무가 되어 줄 때도 있었다.

성년이 되어 혼자서 자유롭게 세상을 누빈 첫 여행이었다. 우리나라는 참으로 아름다운 국토와 문화유산을 가진 나라였다. 자랑스럽고 뿌듯했다. 그것보다도 더 좋은 건 아름다운 정(情)이었다. 한 가지 일화를 소개한다.

떠난 지 3일 차 되던 밤, 강원도 양양 시외버스터미널에 도착했다. 컴컴한 시간인 데다 비까지 주룩주룩 내리고 있었다. 이런 날은 학교 운동장이 아닌 민박을 해야 했다. 버스에서 내리자마자 호객하는 아주머니들이 몰려들었다. 풋내기 이방인인 나는 낯설고 무서웠다. 흥정도 못 하고, 어느 한 아주머니께 끌려가듯 따라갔다. 납치나 사기를 당하지 않을지 걱정되었다. 특유의 억양이 있는 말투도 낯설었다. 골목 안 민박집에 들어서자, 아주머니께서 말씀하셨다.

"실은 내가 노 할머님을 모시고 있어서 그러는데, 우리 애들 쓰는 방에서 같이 주무시면 안 될까?"
살짝 언짢아지긴 했지만, 사실 별문제는 아니었다. 밖에서 야영하는 것보다야 백배 천배 낫다.

"그럼요. 괜찮습니다."

"요금은 얼마 드리면 될까요?"

"이만 원인데 내일 아침에 줘요. 근데 식사는 하셨나?"

"아뇨. 그래서 그러는데, 마당에서 라면 좀 끓여 먹어도 될까요?"

"아이고, 그러면 반찬은 없지만 내가 좀 차려 줄게."

하시더니 뚝딱뚝딱 밥상을 차려 주셨다. 수북한 고봉밥에 시골 된
장국, 새빨간 총각김치와 열무, 멸치볶음과 박나물이 놓여 있었다. 말
로 표현할 수 없는 뭉클함이 올라왔다. 여독에 지친 나그네에게 따뜻
하고 소박한 집밥만큼 더한 선물이 있을 수 없다. 어리숙한 젊은이가
무안해 보였는지 할머니와 어린 손주 남매도 밥상에 같이 둘러앉아
이런저런 말을 걸어주었다. 마치 같은 식구처럼 금세 친해졌다. 두 꼬
마와 늦도록 이불 장난도 쳐가며 내 집같이 편안한 밤을 보냈다.

기분 좋게 자고 일어난 다음 날 아침, 숙박비를 내려고 보니 두 어
른이 보이지 않았다. 아이들에게 물어보니 할머니와 엄마는 새벽부터
낙산사에 과일 팔러 나갔다고 한다. 숙박비도 받지 않은 채로 아이들
만 두고 나가시면 어떡하나? 손님이 그냥 가버리거나 안 좋은 마음을
내면 어쩌려고! 어쩔 수 없이 아이들에게 이만 원과 동전 몇 닢을 쥐
여주고 나왔다. 행여 낙산사 주변에 가면 만날 수 있지 않을지 둘러보
았다. 결국 인사도 하지 못하고 다음 여정으로 발길을 돌려야 했다.
어젯밤 괜한 의심과 경계심을 가졌던 나 자신이 부끄럽고 미안한 마

음이 들었다. 정작 그 아주머니와 할머니는 나를 순수한 청년 여행객으로 믿어준 것이었다.

　적막한 길을 갈 때 가장 무서운 것이 '사람'이라고 한다. 오히려 짐승은 사람을 먼저 해치는 법이 없기 때문이다. 사람만이 본능적으로 낯선 사람을 믿지 못하는 것 같다. 개인화가 심화하는 현대사회는 더욱 그렇다. 그래도 여행하다 보면 가끔일지라도 마음의 고향 같은 인정을 느끼게 된다. 7일간 전국 일주를 하면서 어디를 가든 구수한 사람의 정을 만날 수 있었다. 야영하던 모 초등학교 운동장에서 마주친 동네 건달들, 민간인이 그리워 너무나 친절했던 군부대 위병소 군인들, 막 출발하려는 기차에 손을 잡아주신 승무원 아저씨, 계룡산에서 길 안내를 해주신 아주머니 등. 이처럼 사람에게는 누구나 정(情)이 있음을 느낀다. 이 때문에 마음은 이성적 판단을 넘어서게 된다. 깊은 심연에 있는 무의식으로부터 올라오는 것이기 때문이다. 그러나 살다 보면 불가피하게 서로 경쟁하고 부딪히게 된다. 낯선 사람을 경계하고 의심하는 것도 살아남기 위한 자기방어 기제라고 보면 당연하다. 그렇다고 늘 긴장하고 경직되게 살 수는 없지 않은가.

　가끔은 혼자서라도 자유로운 여행을 떠나보자. 볼거리, 먹을거리 등 바깥세상만 보이는 건 아니다. 내 안에 있는 순수한 마음이 환히 보이는 순간도 있다.

3. 함께 성장하는 길

막내아들(초등학교 2학년)은 기차를 좋아했다. 아빠 핸드폰을 손에 쥐고 유튜브를 열고 기차 영상을 찾아보기 바빴다. 그렇게 알게 된 KTX-이음[1] 청량리~안동, 청량리~강릉 노선을 운행하는 신형 KTX 열차를 꼭 타보고 싶어 했다. 또 우리나라 지역마다 전해오는 옛날이야기를 애니메이션으로 들려주는 영상도 즐겨 보았다. 그중에서 양양 절구 바위 전설을 줄줄 외울 정도로 좋아했다.

여름방학 시즌이다. 아빠로서 가족 여행을 빠뜨릴 수 없다. 지도를 펼쳐서 먼저 안동과 양양 두 곳을 점으로 찍는다. 안동은 KTX-이음을 타기 위해서 반드시 가야 하고, 양양은 절구 바위가 있는 곳이니 필수코스이다. 이 두 지점을 연결할 2박 3일짜리 일정을 설계하면 된다. 큰아이(초등학교 6학년)의 취향과 감성도 계획에 녹여 넣는다. 즐겁고 행복한 작업이다. 그렇게 고민한 것들을 다 조합하고 연결해서 선으로 이으면 여정이 완성된다.

자동차로 3시간 반을 달려 안동역까지 갔다. 설레는 마음으로 KTX-이음 열차에 올랐다. 막내는 좋아서 흥분을 감추지 못하고 전

---

1) 청량리~안동, 청량리~강릉 노선을 운행하는 신형 KTX 열차

객실을 돌아다녔다. 강릉역에 도착했다. 여기서부터는 렌터카를 이용했다. 첫날은 이동하는 데에 시간과 체력이 많이 소요돼서 가볍게 대관령 양떼목장을 구경하는 것으로 마무리했다. 이튿날부터가 강행군이었다. 오죽헌, 경포대, 양양을 거쳐 속초까지 달렸다. 별 기대 없이 들른 오죽헌에서 의외의 재미와 감동이 있었다. 문화해설사 덕분이었다. 역시 알고 보는 것과 그냥 보는 것은 확연히 다르다. 반면 기대했던 양양 절구 바위에서는 다들 "에계계, 이거였어?" 하는 소리가 절로 나왔다. 이런 게 바로 여행의 맛이다. 세상에는 뭔가 내가 알고 있었던 것과 다름이 있음을 깨닫게 된다. 마지막 날은 대한민국 최북단 고성 통일전망대에 올랐다. 말로 표현할 수 없는 경관에 가슴이 뻥 뚫렸다. 구름 한 점 없는 코발트색 하늘과 광활한 동해, 그리고 그리운 금강산이 바로 눈앞에 서 있었다.

가족 여행은 보통 아이를 중심에 두고 계획하게 된다. 아빠에게는 완수해 내야 할 또 하나의 임무처럼 다가오기도 한다. 빡빡한 일정과 챙겨야 할 짐들이 어깨를 짓누른다. 그런데 막상 가면, 나는 아이들에게 오히려 고마운 마음이 생기곤 했다. 아이들 덕분에 처음 가보게 된 곳도 있고, 다시 가보게 된 곳도 많기 때문이다. 찌들어 있던 감성도 되살아난다. 녀석들이 아니면 어찌 이런 마음의 울림을 맛보겠는가. 게다가 또 다르다! 같은 사물이라도 혼자 보는 것과 같이 보는 것은 엄연히 다르다. 일상을 벗어난 곳에서 우리가 같은 곳을 향하고

떠나보면 알지

같은 곳을 바라보고 있다는 느낌이 참 좋다. 말로 표현할 수 없는 따뜻하고 포근한 기분이다. 평소에 잊고 있었던 가족의 본질이다. 서로 말이 없어도 시선을 공유하고 의미를 공유하고, 나아가 가치를 공유하게 된다. 그 속에서 아이도 성장하고 부모도 성장한다. 문화심리학자 김정운 교수는 인간과 원숭이의 결정적 차이는 <함께 보기>라고 한다. 인간은 좋은 것이 있으면 같이 보고 공유하고 싶어 한다는 것이다. 나 역시 혼자 여행하기를 꽤 즐기는 편이지만, 때로는 혼자서 보기 아까워 외로움이 더 크게 다가올 때도 있었다.

어린이가 있는 가정이라면 가족 여행을 더 많이 다니라고 권하고 싶다. 왜냐하면 '때'를 놓치면 할 수 없기 때문이다. 대체로 아이가 중학생이 되면 정서적으로 슬슬 독립하고 싶어 한다. 또래 친구들과 어울리는 시간이 늘어나는 데에 비해 가족과의 소통은 조금씩 줄어들기 시작한다. 성장 과정상 자연스러운 현상이므로 부모가 이해해야 한다고 생각한다. 그런데도 그 상황이 되면 왠지 마음 한편이 허전하고 아쉽다. 그러니 할 수 있을 때 많은 여행을 하면 좋을 것 같다. 가족 여행은 추억을 남기고 사랑을 남기며 함께 성장하는 길을 만든다. 그 길은 다시 행복한 일상으로 연결된다.

4. 아! 지리산

꼭 가보고 싶은 곳이라 하면 한 번도 가보지 못한 미지의 장소를 말한다. 당연하다. 못 가봤기 때문에 가보고 싶은 것이다. 나는 해외를 거의 가보지 않아서 가보고 싶은 곳이 너무 많다. 세계 최강 최대의 나라 미국을 가보고 싶고, 노르웨이의 피오르 해안과 핀란드의 침엽수림도 가보고 싶다. 이웃 나라인 중국과 일본도 가야 한다. 신비한 고대 문명의 비밀이 있을 것 같은 남미 대륙도 궁금하고, 어린 왕자와 여우가 우정을 나누는 사막도 걸어보고 싶다. 영화 〈태양은 가득히〉의 알랭 들롱처럼 지중해 항해를 해보고도 싶다. 이렇게 나열하다 보면 한숨과 헛웃음이 나온다. 실제로는 그럴 가능성이 희박하기 때문이다.

어쩔 수 없이 눈을 다시 국내로 돌린다. 이미 많이 가보았지만, 다시 꼭 가보고 싶은 곳이 떠오른다. 오랫동안 가지 않았기 때문이다. 그곳을 생각하면 절로 이름을 불러보게 된다.

'지리산!'

먼 곳을 헤매다 우연히 고향을 찾는 나그네 마음이 된다. 아무 때고 불쑥 찾아가도 아무렇지 않을 편안함과 한결같음으로 나를 반길 것만 같다.

금강산은 빼어나긴 하나 장중하지 못하고 지리산은 장중하나 빼어나지 못하다는 말이 있다. 빼어나기도 하고 장중하기도 하면 더없이 좋겠지만 사람이든 산이든 다 갖추기는 어렵다. 장중함은 단박에 주는 아름다움은 없지만, 여운이 오래 가는 잔잔한 감동이 있다. 이태의 『남부군』과 조정래의 『태백산맥』의 배경이며, 조선 시대에는 남명 조식의 숨결이 담긴 곳이기도 하다. 자연적·역사적·인문학적 자원이 모두 성성한 민족의 영산이다.

한 스무 번은 갔었다. 계절마다 가기도 했고, 몇 해 연속으로 새해 해돋이를 보러 가기도 했다. 노고단에서부터 반야봉, 제석봉, 천왕봉(1,915m)으로 이어지는 종주에 나섰다가 조난사고를 당할 뻔한 적도 있었다.

처음 지리산에 간 것은 대학 입학시험을 마치고 난 고3 겨울방학 때였다. 난생처음으로 등산화를 신고 아이젠을 착용하고 배낭을 메었다. 눈이 그렇게 많이 쌓이는 것을 실제로 처음 보았다. 영화나 TV에서만 보던 장면이었다. 제법 높은 등성이에 올랐을 때 보이는 풍경이 화보 같았다. 사방팔방 어디를 두고 카메라 셔터를 눌러도 작품이 되었다. 장갑을 벗으면 손가락이 서로 쩍쩍 달라붙을 정도로 추웠다. 북쪽에서 불어오는 바람은 마치 얼굴을 칼로 베는 것 같았다. 그런 와중에 장터목 산장에서 버너와 코펠을 꺼내 라면을 끓여 먹었다. 나뭇가지를 뚝 잘라 만든 젓가락으로 먹었던 라면은 세상에서 가장 맛있는 음식이었다.

산행에 어느 정도 자신이 있다고 생각할 무렵 지리산 종주에 도전했다. 구례 화엄사에서 출발하여 노고단으로 가는 코스로 시작했다. 노고단 운해를 감상하고, 반야봉, 삼도봉을 지나 연하천 산장까지가 첫날 일정이었다. 둘째 날에는 형제봉, 벽소령을 지나 세석평전까지 갔다. 다음 날 아침이면 천왕봉 정상에서 일출을 볼 수 있었다. 그런데, 이게 웬일인가! 간밤에 비가 오더니 아침마저 사방이 온통 구름과 농무로 둘러싸였다. 눈앞이 보이지 않았다. 그래도 여기까지 왔는데 정상을 포기할 수 없어, 위험을 무릅쓰고 길을 나섰다. 이정표와 표식을 따라 움직였다. 얼마나 걸었을까? 계속 같은 곳을 뱅글뱅글 돌고 있다는 것을 알았다. 소름이 오싹 돋았다. 다른 등산객도 보이지 않았다. 큰일이었다. 남은 여정은 포기하고 빗물이 흐르는 물길을 따라 정신없이 내려갔다. 작은 물길은 어느새 큰 계곡으로 이어졌다. 그제야 안도의 한숨을 쉬었다. 그렇게 하산하고 보니 산청 거림골이었다. 아쉽게도 종주는 완성하지 못했지만 귀한 경험이었다. '대자연 앞에서는 오만하거나 자만하면 안 된다'라는 것을 몸으로 체득한 것이다.

그 이후 산행에 대한 태도가 바뀌었다. 시간을 넉넉히 잡고 짧은 구간을 선택했다. 완주나 정상 정복에 욕심을 내지 않았다. 일상을 살아가는 것도, 사람을 대하는 데에도 조급함이나 고집을 덜 부리는 성향으로 변해갔다. 내 생각만 하는 것이 아니라 다른 사람의 사정과 입장도 이해하려고 했다. 복잡하게 얽힌 관계와 관계 속에서 나를 가

　　　　　　　　　　　　　　　　　떠나보면 알지

장 조화로운 위치에 놓았을 때 모두가 좋았다. 이렇게 늘 나를 오롯이 알고 남을 이해할 수 있다면 얼마나 좋을까? 가끔 이런 깨달음을 되새기며, 사는 일이 잘 풀리지 않을 때는 속도를 늦추고 놓친 것은 없는지 살펴보게 되었다.

눈 쌓인 겨울 지리산을 다시 걷고 싶다. 새하얀 산길을 걸으며 노래를 부르고 싶다. 가을에는 핏빛으로 물드는 피아골 단풍길로 가고 싶다. 여름에는 7개의 폭포수와 30여 개의 소(沼)가 펼쳐지는 칠선계곡을 등반하고, 봄에는 섬진강을 따라 화개장터를 지나 쌍계사에 들러 녹차를 마시며 지리산을 그냥 바라만 보고 싶다.

5. 일상과 여행의 통일

아직은 생업과 가사, 양육이 최우선인 처지라 제대로 여장을 꾸려서 떠나는 여행은 제약이 많다. 그렇지만 여행을 다니던 관성이 있어서 어디를 가든 일상의 틀을 벗어나는 느낌이 있으면 여행이라 여긴다. 심지어 업무상 출장을 가더라도 뜻밖의 풍경과 좋은 사람을 만나게 되면 내게는 여행이 된다. 반대로 쉼을 위한 여행을 가더라도 배움과 성장이 있다면 일상과 다르지 않다고 생각한다. 일상이 여행이고 여행이 일상이다.

이러한 관점에서 나만의 여행 노하우가 있다면 다음과 같이 정리해 볼 수 있을 것 같다.

첫째, 한 번에 멀리, 오래 가기보다는 가까운 곳을 짧게, 여러 번 간다. 같은 장소라도 갈 때마다 달리 보이는 경험이 누구나 있을 것이다. 어느 해 여름에 갔던 남해 금산 보리암에서 눈부시게 아름다운 한려수도에 시선을 빼앗겼는데, 가을에 가보니 단풍에 둘러싸인 고즈넉한 산사의 정취에 넋을 잃었다.

둘째, 멀리, 오래 가고 싶은 곳은 평소에 목록을 만들어 놓는다. 언제 어떻게 기회가 올지 모른다. 기회는 준비하는 자에게 온다고 했다. 가고 싶은 곳이 생기면 적어놓고 관련 정보를 찾아본다. 나는 해외여행에 대한 갈증이 있어서 수시로 목록을 업데이트한다.

셋째, 아침 시간을 적극적으로 활용한다. 나는 아침의 정취를 무척 좋아한다. 어딜 가든 남들보다 일찍 일어나 혼자 산책하는 특권(?)을 누린다. 부드러운 햇살, 일찍 일어난 새들의 노랫소리, 청량한 바람, 조용하고 평화로운 거리. 많은 사람이 분주히 움직이는 한낮이나 밤에는 결코 누릴 수 없는 것들이다.

넷째, 기록을 남긴다. 기억은 기록을 이길 수 없다. 기억하고 싶은

떠나보면 알지

것이 있으면 사진을 찍고 메모해 둔다. 돌아와서 간단한 아카이빙 작업을 한다. 블로그에 글과 한두 컷의 사진을 올리고, 나머지 사진들과 경비 명세, 기타 자료들은 클라우드에 저장해 놓는다. 특히 사진은 매년 제작하는 가족 포토북에 담아 오프라인으로도 남긴다.

다섯째, 배경지식을 찾아본다. "아는 만큼 보인다"라는 말은 이제 전 국민이 공감하는 명언이다. 인터넷으로 그 지역에 대한 정보를 얼마든지 찾아볼 수 있다. 지금은 모바일로 그 자리에서 바로바로 검색할 수 있으니 미리 공부할 수고도 줄어들었다. 그래도 책이나 영화, 먼저 다녀온 사람들의 후기 등을 미리 접하고 간다면 훨씬 재미있고 유익한 여행을 즐길 수 있다. 영화 <남부군>이나 소설 『태백산맥』을 보고 가는 지리산과 그렇지 않은 것은 천지 차이다.

정리하고 보니 꼭 여행할 때만 해당하는 내용은 아닌 것 같다. 일을 할 때나 인간관계를 맺을 때도 적용해 볼 만한 태도이지 않을까? 이렇게 보면 여행이나 일상이나 크게 다르지 않은 것 같다. 여행이 일상이고 일상이 여행이다.

6. 글 한 줌으로 나누는 대화

에세이는 누구나 쉽게 쓸 수 있는 글이라고 한다. 그렇다고 아무나 아무렇게나 쓰는 것은 아니라는 것을 알았다. 단순히 기록을 남기는 것과는 다르기 때문이다. 그동안 혼자 해왔던 글쓰기는 기록에 가까웠다. 책으로 내는 것은 독자를 향해 어떤 메시지를 전달하는 것이다. 그만큼 명확한 주제가 있어야 한다. 단어 선택 하나에도 책임감을 느껴야 한다. 이왕이면 세상에 좋은 영향을 미쳤으면 좋겠다는 욕심도 있었다. 그래서 어려웠다.

독자를 향해 쓰는 글이라는 관점에서 신경을 쓴 부분은 세 가지가 있었다. 첫째, 잘 읽혀야 한다. 가급적 문장의 호흡은 짧게 하고 쉬운 어휘를 선택하려고 애썼다. 둘째, 이야기가 담겨야 한다. 작은 에피소드지만 이야기로 구성해 보려고 노력했다. 셋째, 공감할 수 있는 주제가 있어야 한다. 이야기를 통해 터득한 통찰이나 감상을 정리하고자 했다.

덤으로, 표현과 형식을 다듬어서 약간은 문학적인 향을 내보려고 했다.

정성껏 요리한 음식을 손님 앞에 내놓듯 여행이 주재료인 글 한 줌을 쑥스럽게 꺼내 놓는다. 처음 만나는 사람과 대화를 나눌 때 내가 먼저 말을 건네는 것처럼. 내 글이 부끄럽지 않으려면 '나'라는 사람도 부끄럽지 않아야겠다는 생각에 새삼 얼굴이 붉어진다.

퇴고를 반복할수록 못마땅하기만 했다. 짝꿍 퇴고와 최서연 작가님의 코칭이 많은 도움이 되었다. 멘토님과 함께 참여한 동행 작가님들께 감사의 말씀을 전한다.

> 여행은 짐을 꾸려서 멀리 떠나야 하는 것만은 아니다.
> 행여 산책길이라도 마음을 열면 매 순간이 여행이다.

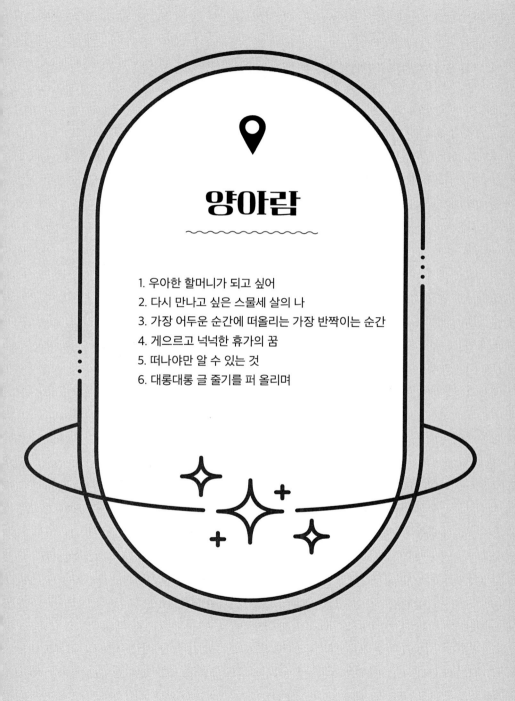

양아람

1. 우아한 할머니가 되고 싶어

나이가 더 들어도 일명 꼰대 어른이 되고 싶지 않다는 생각을 오래 전부터 해 왔다. 꼭 필요한 경우가 아니면 입은 닫고 귀를 열고 지갑을 여는 할머니가 되려면 어떻게 해야 할지 고민하기 시작한 것도 그 즈음이다.

정답은 아직 모르겠지만 적어도 하나는 알게 되었다. 내가 항상 옳지 않다는 것과 내가 경험한 세상은 이 넓은 세상의 극히 작은 일부라는 사실을 늘 염두에 두어야 한다는 것 말이다. 내가 아는 세상은 광대한 바다 중 인간이 탐험을 통해 '알고 있다'고 하는 바다의 비율 정도 되려나.

그래서 여행을 좋아한다. 내가 옳다고 알고 있었던 세상이 누군가에겐 당연한 것이 아니라는 것을 알게 되는 순간을 기다린다. 내가 알고 있는 세상의 경계가 조금씩 넓어지는 경험을 사랑한다. 그럼에도 불구하고 아직 내 세상의 경계가 단단한 사람이지만, 여행을 다니면서 이 정도나마 어른이 된 것으로 생각한다.

그 경험을 나누고 싶었다. 작고 옹졸했던 사람이 다른 세상을 알게 되고 알을 깨 나가는 과정을 공유함으로, 다른 누군가도 그 경험을 향한 도전을 할 수 있으면 더할 나위 없이 영광이겠다. 다른 이들의 그러한 도전 경험을 배우게 된다면, 내 세상은 또 조금 더 넓어질 수 있을 테다. 내가 아는 것이 전부가 아니고, 내가 옳다고 생각하는 것이 그렇지 않을 수 있다는 것. 이 단순한 진리를 매일 경험으로 알아감으로써 우아한 할머니가 되기를 꿈꾼다.

2. 다시 만나고 싶은 스물세 살의 나

"과거로 여행을 갈 수 있다면, 어디로 가고 싶어?"

오랜만에 만난 친구가 불쑥 던진 질문이었다. 당시 나는 세 살 아이를 키우고 있었다. 그동안 걸어온 인생의 골목길마다 아쉽고 후회되는 순간들이 없었던 것은 아니다. 하지만 그 모든 순간과 내가 한 선택들이 모이고 쌓여 내 눈앞의 사랑스러운 아이가 있음을 알기에 과거를 바꾸고 싶다는 생각은 해본 적이 없었다. 그래서 친구의 그 질문이 고마웠다. '과거를 바꿀 수 있다면'이라고 묻지 않고 '과거로의 여행'이라고 말해줘서 말이다.

대학생이던 시절의 나는 제인 오스틴, 샬럿 브론테, 셰익스피어를 공부하며 영국에 매료되어 있었다. "이층 버스의 색을 바꾸는 건 있을 수 없는 일이야. 이층 버스는 오래전부터 빨간색이었으니까."라는 영국인들의 고집도 멋있어 보였다. 미디어를 통해 볼 수 있는, 웃기고 싶어 하지만 별로 웃기지 않는 그들만의 개그 코드도 그 자체로 재미있게 느껴졌다. 조금 딱딱하지만, 강단 있는 영국 영어의 악센트와 발음은 섹시하게 들렸다. 물론 내가 보고 느낀 영국은 진짜 영국의 극히 작은 부분이라는 사실도 알았다. 그래서 영국이 더 궁금했다.

"엄마, 나 영국에서 살아보고 싶어."
"그래. 돈 있으면 가."
지지는 하지만 지원은 해주지 않았던 엄마 덕분에 돈을 벌면 영국에 갈 수 있으리라 생각해서 휴학했다. 낮부터 저녁까지 학원 강사로 일했고, 밤에는 과외를 해서 돈을 벌었다. 그렇게 일 년을 일하고 나서야 돈이 있으면 가라는 엄마의 말은 진심이 아니었다는 것을 알았다. 엄마는 순하고 착한 K 장녀였던 큰딸이 혼자 떠날 거라고는 상상도 하지 못했다고 한다. 하지만 영국에서 살아보기만을 고대하며 1년을 버틴 딸의 결심을 꺾을 수는 없었고, 부모를 이긴 자식은 영국행을 준비했다.

내가 영국행을 준비하던 바로 그 시기에 엄마가 사기를 당했다. 수천만 원이라는 적지 않은 돈을 한순간에 날려 버리고 망연자실해 의욕을 잃은 엄마를 보며 장녀로서 나의 역할은 어디까지인가 오랜 시간 고민했다. 발길이 떨어지지 않았고 마음이 무거웠지만, 나는 결국 런던행 비행기를 탔다.

비자를 받아야 하므로 런던의 어학원에 등록은 했다. 하지만 런던
행의 목적은 '런던에서 살아보기'였으므로 어학원은 매일 아침 나의
몸을 일으키는 수단으로 활용했다. 나와의 약속을 지키기 위해 매일
출석했고, 나와는 잘 맞지 않는 그룹 액티비티에도 적극적으로 참여
했다. 한국의 고등학생들이 밤 10시까지 공부를 한다는 사실에 기절
초풍하는 외국인 친구들을 한국 음식점에 데리고 가기도 하는 등 어
학원에서의 시간도 인연도 소중히 여겼지만, 가 보고 싶은 곳이 생기
면 과감히 결석하고 떠났다.

어학원에서 알게 된 오빠들과 함께 해리 포터가 있던 옥스퍼드의
식당에 가기도 하고, 옆 방 언니들과 함께 케임브리지에도 다녀왔다.
"여러분을 모시게 되어 영광이었습니다. 혹시라도 불편한 점이 있으
셨다면, 내셔널 익스프레스 닷컴에 의견을 남겨 주세요."라는 멘트가
나오는 메가버스를 타고, 5시간을 달려 당시 박지성 선수가 있던 맨체
스터에 갔던 일, 그곳에서 우연히 긱스 선수를 만나 함께 사진을 찍었
던 일은 아직도 잊을 수 없는 경험 중 하나이다.

심한 바닷바람 때문에 마치 꺼지기 직전의 초처럼 기둥의 중간 이
후가 젖혀질 듯 휘어져 버린 나무들과, 마치 이곳이 세상의 끝인가 느

껴질 정도로 하얀 절벽이 있던 세븐시스터즈에도 다녀왔다.

　세익스피어의 흔적을 찾아 그가 태어난 동네에 가서 길을 잃어 보기도 했다. 소설 〈폭풍의 언덕〉 속 주인공들의 격정적인 이야기가 스며 있는 진짜 폭풍의 언덕을 찾아 영국 중부의 작은 시골 마을 하워쓰에도 다녀왔다. 그곳에서 인연이 된 할머니는 브론테 자매의 남동생 이야기를 들려주었다. 그도 누나들처럼 글을 잘 썼지만, 천덕꾸러기 대우를 받아 술만 먹다가 알코올 중독으로 죽었다고 한다. 할머니도 동네 어른들에게 혹은 부모님께 들었을 이야기일 텐데, 마치 어제 옆집에서 있었던 일처럼 생생하게 전해주었고 그가 매일 술을 먹던 그 펍도 보여주었다.

　영국의 시골 여행만 다닌 건 아니었다. 런던의 야경 사진을 찍겠다며 비 오는 밤, 밀레니엄 브리지 위 세인트 폴을 마주보는 곳에 삼각대를 세워두고 추위에 벌벌 떨기도 했고, 집에서 런던아이까지 걸어가 보겠다며 호기롭게 집을 나섰다가 길을 잃기도 했다.

　영화 노팅힐을 몇 번이나 돌려보며 기회가 될 때마다 그곳에 갔고, 결국 영국에 오는 친구들을 맞을 때마다 노팅힐 가이드를 해주었다. 특별한 일정이 없는 날에는 어학원 수업이 끝난 뒤 입장료가 없는 갤러리에 가서 전시실 여기저기를 느릿느릿 걸어 다니다가 맘에 드는 그림 하나를 찾아 그 앞에 멍하니 앉아 있다가 오기도 했다.

여행 같은 일상을 보내면서도, 해외에서 혼자 살아남기 위해 반드시 거쳐야만 했던 순간들도 있었다. 런던의 으슬으슬한 날씨 속에 작은 위안이 되어 줄 라면을 저렴하게 사기 위해 5존까지 버스를 타고 가서 라면 한 박스를 품에 안고 집으로 돌아오던 순간, 자메이카 출신 아저씨가 운영하는 집 앞 작은 슈퍼에서 1.99파운드짜리 와인을 사서 치즈와 함께 홀짝거리며 영국 드라마를 보던 순간들이 그랬다.

"과거로 여행을 갈 수 있다면, 어디로 가고 싶어?"라는 친구의 질문에 나는 왜 영국이 떠올랐는지 생각했다. 머릿속을 스쳐 지나간 수많은 시간 속에 눈을 동그랗게 뜨고 서 있는 스물세 살의 내가 있었다.

그토록 꿈꾸던 곳에 와 있다는 사실에 그저 매일이 행복하던 스물세 살, 계란프라이를 하려다 전기가 나가서 반도 안 익은 달걀을 먹지도 못하고 바라만 보며 밥 한 끼 먹는 게 이렇게 힘든 일인가 신세 한탄을 하던 스물세 살. 런던에 가기 전 큰돈 주고 마련했던 카메라를 도둑맞고, 햇빛 알레르기로 팔다리에 두드러기가 나고, 돈을 아끼려고 인터넷 수리를 해주지 않던 집주인 때문에 속이 상했던 스물세 살. 그러던 와중에도 거의 20년이 지난 지금도 연락하고 만나는 일본인 친구와 함께 애프터눈 티를 마시고, 뮤지컬을 보며 감격하던 스물세 살의 나.

아이를 키우며 엄마로서만 살던 그 시기에 친구가 던져준 하나의 질문 덕분에 나는 스물세 살의 나를 다시 만났다. 다시 그때로 돌아갈 수 없지만, 마음의 신호를 따라 발길을 옮기고, 마음껏 길을 잃고 마음껏 행복해하고 마음껏 슬퍼하던 나를 잊지 말자고, 그때의 나처럼 나를 생각해 주기로 다짐한다.

3. 가장 어두운 순간에 떠올리는 가장 반짝이는 순간

"언니, 같이 가자."
"아니야. 난 너무 힘들어서 안 되겠어. 숙소에서 쉴 테니까, 나 신경 쓰지 말고 편하게 다녀와."

동생과 약간의 실랑이가 벌어졌던 곳은 인도의 자이살메르라는 도시였다. 말이 도시지, 식당과 휴게공간, 여러 개의 방으로 이루어진 이름만 호텔인 숙박시설들과 천막 아래 약간의 먹거리들을 파는 시장 등이 모여 있는 곳을 조금만 벗어나면 금방 모래사막이 펼쳐지던 사막 위의 마을이었다.

그날은 인도 여행을 시작한 지 열흘이 넘어가던 때였다. 인도는 국토가 넓고 여행자들이 들르는 도시들이 멀리 떨어져 있어서 여행 중 밤새 기차를 타는 구간을 피해 갈 수 없다. 이 야간 기차 안에서 짐은 물론 신발도 훔쳐 가는 사람들이 있다는 정보를 접했다. 일행이 넷이었던 우리는 밤 기차에서 둘씩 짝을 지어 불침번을 서며 짐을 지키기로 했다. 그런데 좋지 않은 위생 탓에 두 동생은 일명 '물갈이'라 불리는 설사를 하기 시작했다. 결국 깨어 있는 모든 시간을 화장실에서 보내는 동생들을 대신해 지금은 남편이 된 당시 남자 친구와 내가 내내 불침번을 서며 두 동생을 챙겨야만 했다. 동생들을 물갈이의 늪에서 건져내고 난 뒤 긴장이 풀린 내가 낙타 사파리 투어를 앞두고 탈이 난 상황이었다.

낙타 사파리 투어는 낙타를 타고 사막 한가운데로 가서 사막에서 밤을 보내고, 다음 날 다시 낙타를 타고 마을로 돌아오는 1박 2일 일정이었다. 동생들처럼 쉬지 않고 화장실을 들락거려야 했던 나는 이 상태로는 낙타 사파리 투어에 참여할 수 없다고 생각해 숙소에 남겠다고 했다. 동생은 내가 배가 아플 때마다 같이 화장실에 가 주겠다며 포기하지 말고 함께 가자고 나를 설득하고 있었다.

그 순간, 왜 그 종이가 생각났을까? 내가 대학생이던 때부터 사용해 오던 바인더에 오랫동안 꽂혀 있던 꿈 리스트였다. 어떤 인생을 살고 싶은지, 죽기 전에 후회하지 않으려면 어떤 일들을 해보면 좋을지 상상의 나래를 펼치며 비장하게, 하지만 재미있게 썼던 그 리스트 중에는 "낙타 타보기"라는 조금 엉뚱한 한 줄이 있었다.

바인더 속 종이 한 장에 적혀 있는 다섯 글자 덕분에 나는 용기를 내 낙타 사파리 투어에 참여하기로 했다. 차를 타고 낙타를 만나는 중간 지점까지 이동했고, 그곳에서 '몰이꾼'이라고 불리는 투어의 스태프를 만나자마자 물었다. "Where's the toilet?" 'restroom'이라는 단어를 쓸 여유도 없었고, 내게는 'toilet' 그 자체가 필요했으니, 숙녀로서의 우아함 따위는 버려두고 물었다. 그때, 몰이꾼이 대답했다.

"Everywhere."

'응? 뭐라고? 내가 잘못 들었나?' 결국 낙타 사파리 투어가 진행되는 1박 2일 동안, '언니, 화장실 같이 가고 싶으면 내가 같이 가 줄게.'라던 동생의 약속은 꼭 지켜져만 했고, 동생은 고맙게도 자매의 신의를 지켰다. 그렇게 몇 년 전에 적었던 꿈 리스트의 다섯 글자와 동생의 설득으로 겨우 도전하게 된 낙타 사파리 투어는 지금까지도 내 인생에서 잊을 수 없는 순간 중 하나다.

밤에는 이름만 텐트인 '바람막이용 천막' 안에서 잘 것인지, 쿠션감이 전혀 없어 모래의 굴곡이 그대로 느껴지는 얇은 매트 위에서 잘 것

떠나보면 알지

인지 선택해야 했다. 잠시 망설이는 사이 텐트의 정원이 다 차서 우리 일행은 사막의 모래 위에 편 얇은 매트 위에서 밤을 보내게 되었다.

밤새 사막의 호스트인 동물들이 새로운 게스트들에게 호기심을 가져 매트 쪽으로 올 것을 대비해 남자들이 양쪽 끝에 자리를 잡았고, 밤새 코와 입으로 모래바람이 들어오는 것을 막기 위해 마스크를 코 끝까지 올려 썼다. 사막의 추위를 피하려고 입은 도톰한 후드티의 후드를 머리끝까지 뒤집어쓴 채, 마치 소라게 따위가 껍질 속으로 몸을 숨기듯 침낭 속에 몸을 욱여넣고 지퍼를 올렸다.

하루 종일 긴장하고 피곤했던 탓에 금방 잠이 들 줄 알았는데 시야 가득 펼쳐진 밤하늘의 숨 막히는 움직임에 우리는 그 누구도 잠들지 못하고 감탄을 내뱉기 시작했다. 도시의 하늘에도 별이 많지만, 인간들이 쏘아 대는 조명들 탓에 별들이 빛을 발할 기회가 없다는 것은 알고 있었다. 이런 사막에는 그 어디보다 별이 많다는 사실도 짐작하고 있었다. 하지만 그 어떤 미사여구를 붙여도 충분하지 않을 만큼의 별들이 시야를 가득 채우면서 움직이고 있었다.

그랬다. 별들이 움직였다. 별똥별이 떨어졌고 또 떨어졌다. 별똥별이 떨어지는 순간은 너무 짧기에, 별똥별을 본 순간 바로 소원을 빌수 있도록 정말 중요하고 꼭 이루고 싶은 소원은 언제나 마음속에 품고 있어야 한다고들 한다. 하지만 이곳에서는 그럴 필요가 없었다. 떨어지는 별똥별 하나를 보고 마음의 소원들을 떠올리고, 또 떨어지는 별똥별을 보며 그 소원 중 하나를 고르고, 다음 별똥별을 보며 그 소원을 빌어도 충분했다. 아니, 별똥별이 떨어질 때마다 각기 다른 소원들을 빌어도 되었다. 그렇게 여러 개의 소원을 빌어도 충분할 만큼의 별똥별이 비처럼 떨어졌다.

고개를 왼쪽으로 돌렸을 때 침낭 위로 삐죽 튀어나온 동생의 코끝에서부터 오른쪽에 있던 당시 남자 친구의 후드 끝까지 눈길 닿는 모든 곳이 하늘이었고, 반짝이는 전부가 별이었다. 동그란 유리 돔 안에 들어가 있는 느낌이었다.

그렇게 밤새 우리를 황홀하게 했던 별똥별만큼이나 1박 2일 동안의 모든 순간이 반짝였다. 낙타가 물을 마셨던 흙탕물이었던 물웅덩이, 자신이 초원의 사자라도 된 양 당당하게 걷다가 다른 생명체를 만나기만 하면 으르렁대고 시비를 걸던 사막의 개들, 지나가던 염소의 젖으로 몰이꾼들이 만들어 준 짜이, 당시 한국의 다큐멘터리에도 나와 유명 인사가 된, 한국말을 무척이나 잘하던 열두 살 몰이꾼 '원빈', 사막에 도착했을 때 몰이꾼들이 힘들게 메고 온 자루 속에서 꺼내 준 시원한 콜라까지 모두가 별 같은 순간이었다.

하지만 그 모든 순간이 사라진다 해도 아무것도 보이지 않을 만큼

어둡고 추웠던 사막 한가운데에서 만난, 시선이 닿는 곳마다 반짝였던 자이살메르의 밤하늘만으로 충분했다.

인생에서 어두운 골목길을 걷는 것 같은 순간을 만날 때마다 눈길 닿는 곳마다 반짝였던 그 밤하늘을 떠올린다. 멀고 먼 곳에서, 어쩌면 이미 타서 사라져 버렸을지도 모르지만, 긴 시간을 달려와 내 눈앞에서 온 힘을 다해 반짝이며 찬란하게 빛나던 그 별들을 말이다.

4. 게으르고 넉넉한 휴가의 꿈

두 아이를 키우다 보니 아이들을 위한 책을 자주 찾아보게 된다. 아이들이 재미있게 읽을 수 있는 책 혹은 조금 긴 글밥에 도전하며 읽을 만한 책의 수준에 대해서도 고민하게 된다. 그러다 알게 된 방법은 '주인공의 연령대가 아이와 비슷한 책을 골라주면 된다.'라는 것이었다. 네 살 아이에게는 서너 살 아이가 주인공인 책, 초등학교 저학년 아이에게는 초등학교 저학년인 아이가 주인공인 책 말이다.

그런데 성인인 내가 한참 어린 연령대의 주인공이 등장하는 책을 읽어야 할 때가 있는데, 바로 외국어 공부를 위해 책을 읽을 때다. 유명한 작품이라기에 호기심으로 읽어볼 때, 연령대 상관없이 누구나 읽으면 좋을 동화를 읽을 때는 책의 수준 따위 고려하지 않고 기꺼이 즐거운 마음으로 읽을 수 있다. 하지만, 언어 학습이 목적일 때는 유치원에 다니는 아이들이 주인공인 책들도 자존심 상해 하지 않고 읽어내야 했다.

대학생이던 내가 프랑스어를 배울 때도 그랬다. 유치원생인 주인공 아이가 친구의 이사 소식을 듣고 망연자실하며 부모에게 이사하자고 떼를 쓰는 귀여운 내용이었다. "세비앙이 마르세유로 이사를 한다고요! 나도 마르세유로 이사를 하고 싶다고요!" 엉엉 울며 얘기하는 사랑스러운 주인공을 보고 도대체 마르세유가 어디이길래 이렇게 절망적으로 슬퍼하는지 궁금해서 마르세유를 검색해 봤다. 지금은 SNS를 통해 개인의 취향이 활발하게 공유되기 때문에, 대중적이지 않은 마이너한 취향을 드러내는 계정들도 취향이 비슷한 사람들의 '좋아요'를 많이 받는다. 따라서 유명한 관광지가 아니어도 SNS의 주목을 받는 경우가 많지만, 당시만 해도 가이드북에 나올 만한 여행지들 외에 다른 도시들은 정보가 별로 없던 때였다.

검색을 통해 마르세유의 위치, 마르세유의 역사적·지리적 특징 등은 알 수 있었지만, 내 취향에 맞는 곳인지에 대한 만족할 만한 정보는 얻을 수 없었다. 그때부터 마르세유를 시작으로, 남프랑스에 내 호기심의 안테나가 맞춰지기 시작했다.

흔히 남프랑스 하면 니스, 칸 등을 많이 떠올린다. 유명한 관광지들도 많고, 매년 국제 영화제 같은 행사나 축제가 있을 때마다 뉴스나 기사에서 거론되는 지역이다. 특히 칸은 잘나가는 배우들이 마치 공작새가 꽁지깃을 펼치듯 카메라 앞에서 그들 인생의 가장 화려한 시기를 마음껏 뽐내는 곳이기도 하다.

내 레이다에 들어온 남프랑스는 그런 곳들이 아니었다. 작열하는 태양 아래 파스텔 색조의 건물들이 저마다의 독특한 차양을 내리고, 맨발의 사람들이 음식점과 카페에 자유롭게 들락날락하는 곳. 뜨거운 햇살이 비처럼 파란 하늘을 뚫고 내리쬐는 날씨 속에 키 큰 나무들도, 반짝이는 바다의 물 알갱이들도, 각기 다른 꽃들도 저마다의 색을 뽐내는 곳이었다.

고흐, 고갱, 세잔, 마티스, 르누아르, 샤갈, 피카소 등 수많은 화가가 프로방스로 통칭하는 프랑스 남부에 자리를 잡고 그림을 그렸던 것도, 그 색에 매료되었기 때문은 아니었을까?

작고 낮은 집들이 오밀조밀 모여 있고, 그 집들이 있는 좁은 골목을 따라가다 보면 골목과 골목이 이어져 작은 광장에 이르는 마을. 그 한가운데에 빛바랜 모래처럼 채도가 낮고 모서리가 닳은 지 오래된 분수들이 시원한 소리를 내며 물줄기를 뿜어내고, 그 분수에서 토해진 작은 물방울들이 작열하는 태양 아래 환하게 터지는 곳에서 한 달쯤 바캉스를 보내 보면 어떨까? 유럽인들은 보통 최소한 한 달의 바캉스를 보낸다. 짐을 풀고 적응하는 데에 1주, 푹 쉬며 일상을 잠시 잊고 몸과 마음을 풀어 두는 데에 2주, 다시 천천히 짐을 싸며 복귀할 일상을 준비하는 데에 1주를 쓴다.

그에 반해 우리는 단지 열흘 심지어 일주일간의 여행을 다녀온 뒤 "일주일 살아보기"라는 제목으로 여행 후기를 남기는데 그 후기들도 자세히 보면 아침에 눈을 뜬 순간부터 잠들기 직전까지 여행사에서 계획을 세워준 것처럼 잠시도 쉬지 않고 무언가를 하며 시간을 채우는 것이 보통이다.

매년은 아니어도, 평생에 몇 번쯤은 한 달의 바캉스를 보내 보고 싶다. 아침엔 환한 햇살이 가둬 놓은 조금은 더운 공기 속에 일어나서 시원한 과일 주스 한 잔을 마시고 동네를 산책해야겠다. 밤공기를 밀어내고 지면을 데우는 태양 아래를 하염없이 거닐다가, 숙소로 돌아와 책을 읽고 글을 쓰고 싶다.

살랑살랑 불어오는 바람이 얇은 커튼을 자꾸만 밀어 대고, 완전히 닫히지 않아 끼익하는 소리를 내는 창문 틈으로 새들이 지저귀는 소리와 함께, 좁은 골목길을 달리는 차들의 소리가 먼지를 일으키며 비집고 들어오겠지.

그렇게 느슨하게 풀어진 마음과 함께 환경과 상황 속에 가둬 두지 않은 생각과 감정들이 노트북 속 하얀 화면을 이리저리 헤매며 까만 글자들로 길을 만들어 가면 담담히 잘 따라가다가 점심을 먹으러 나갈 테다. 적당히 튀지 않으면서 단정해 보이는 옷 따위는 캐리어에 넣지도 않았을 테니 뱃살이 튀어나와 보여도 전혀 개의치 않고 마음껏 화려한 옷을 입어야겠다. 그리고 간판에 물고기 그림이 있는 음식점에 들어가서 짭짤한 생선구이에 앙티부아즈 소스를 곁들여 바다의 맛과 태양의 맛을 함께 음미하며 먹으면 어떨까? 그리고 나면 늘어지게 낮잠을 자고 싶지만 놀 때도 부지런한 한국인의 피가 흐르니 아마도 커피를 마시러 갈 것 같다. 처음에는 유럽인들처럼 뜨겁고 진한 에스프레소를 마시며 오후를 깨우겠지만 한 달이라는 시계가 천천히 움직일수록 아이스 아메리카노를 찾게 될 것도 알고 있다. 때로는 해변 모래밭에 누워 태양빛으로 온몸을 마사지하기도 하고, 혹은 동네 작은 공원의 벤치에서 책을 읽기도 할 거다.

그렇게 느슨하게 오후를 보내고, 저녁에는 마트에서 저렴하지만, 골드라벨이 붙은 와인을 한 병 사다가 치즈와 함께 마시며 약간의 빵으로 탄수화물도 채울 테다. 가끔은 비상용으로 챙겨간 라면을 야식으로 먹을 날도 있을 것이다.

그렇게 하루하루를 게으르게, 하지만 나 자신에게 충실한 바캉스

양아람   149

를 넉넉히 보내 보고 싶다. 짭조름한 바다 내음 사이로, 진하고 매혹
적인 여름꽃들의 향기가 코끝에서 느껴진다.

5. 떠나야만 알 수 있는 것

대학생 때 이민 가방 들고 떠나 잠시 살다 왔던 런던을 시작으로 유
럽 여행은 몇 번이나 다녀왔고, 런던에서 알게 된 일본인 친구의 결혼
식 참석차 도쿄에도 다녀왔다. 인도 여행 중 알게 된 친구가 승무원
이 되어 한국을 찾았을 때 우리 집에 초대하기도 했고, 결혼 한 그 해
첫 번째 명절은 남편과 함께 샌프란시스코를 중심으로 미국 서부를
헤집고 다녔다.

관광청의 지원을 받아 일본의 고치현을 다녀와 글을 쓰기도 했고,
여행사의 지원을 받아 임신한 몸으로 나 홀로 발리 여행을 다녀오기
도 했다. 시아버님의 환갑잔치도 시부모님과 함께 캐리어를 들고 하
는 유럽여행으로 대신했다. 둘째 아이를 하늘나라로 보내고 나서도
비행기 표를 끊었고, 여행지로 가는 하늘에서, 다시 돌아오는 하늘에
서 많이도 울었다. 첫째 아이가 다섯 살이 되던 해에는 세 식구 함께
파리에서 한 달을 지내다 왔고, 이 글을 쓰기 몇 주 전에는 세 식구를
한국에 두고 혼자서 바르셀로나, 베를린, 파리에 다녀왔다.

항공권을 끊던 그 순간마다 자제력을 발휘했다면 어쩌면 은행에 매달 내야 하는 이자가 조금은 줄었을지 모르겠다. 통장 잔액에 슬퍼하면서도 떠날 수 있었던 것은 일단 다녀오고 나면 떠나기 전과는 또 다른 나를 만날 수 있으리라는 확신 덕분이었다. "어떻게 그렇게 과감하게 여행을 떠날 수 있어?"라는 질문에, "아니, 떠나는 시간 없이 어떻게 멀쩡하게 일상을 살 수 있어?"라고 되물었었다.

우리는 자주 길을 잃는다. 사랑하는 사람과의 갈등 앞에서, 소중한 사람을 잃는 상실 앞에서, 이를 악물고 도전해도 번번이 실패하는 인생의 관문 앞에서, 시시때때로 닥쳐오는 인생의 폭풍우 앞에서.

그럴 때마다 나를 일으켜 준 것은 꿈이었다. 선명하게 그려온 꿈들이 전쟁 같은 현실을 넘어 그다음을 볼 수 있도록 해주었고, 다시 꿈에 초점을 맞춘 뒤, 떠나다가 돌아오는 여행을 통해 다시 내 자리를 찾을 수 있었다.

여행지에 도착했을 때 나라마다 공항마다 다른 그 냄새들이 내가 살아 있음을 느끼게 했다. 길에서 만난 작은 인연들이 이 정도 일에 무너지지 않아도 된다고 말해주었다. 하루를 살아내기 위해 반복적인 일들을 해야 하는 일상에서 한 걸음 떨어져, 내게 주어진 시간을 마음껏 낭비하며 누리는 경험을 통해 내가 무엇에 기쁨을 느끼는 사람인지 알게 되었다.

모든 문제의 정답이 여행은 아니지만 여행은 꽤 많은 문제의 해답을 찾아가는 데에 큰 도움이 된다. 이렇게 있으면 안 될 것 같고, 문제의 실마리를 찾아야 할 것 같은데, 길을 묻고 찾을 여유 없이 매일 같은 고민을 하며 쳇바퀴를 도는 일상을 보내고 있다면, 낯선 곳으로 떠나보라고 얘기하고 싶다.

생존 욕구 때문에 생생하게 살아나는 온몸의 감각들이 나를 깨울 것이고, 보고 듣고 느끼는 것마다 새로운 생각을 가져다줄 것이다. 떠나보면 알게 될 것이라는, 나를 만나게 될 것이라는 확신! 그것만 있다면 떠날 준비는 되었다. 이제 티켓을 끊을 차례다!

6. 대롱대롱 글 줄기를 퍼 올리며

열한 살 때, 외숙모께서 도서상품권 5천 원권 세 장을 생일 선물로 주셨다. 그때부터 나는 마치 자유이용권 티켓을 가지고 있는 사람처럼 몇 달간 매일 방과 후에 서점에 갔다. 이쪽 서가부터 저쪽 서가까지 손가락으로 책등을 훑어가며 한 권 한 권 들여다본 지 몇 주 만에 『안네의 일기』를 샀고, 또다시 몇 주간의 서점 탐방 후에 『초등학생 삼총사의 유럽 여행기』를 구입했다. 그리고 마지막으로 『그리스·로마

신화』를 구입하는 것으로 서점 자유이용권을 활용한 책 사냥은 끝이 났다.

지금 생각해 보면 서점 사장님은 참 난감하셨을 텐데, 꼬마 독자를 내쫓지 않으시고 매일 친절하게 맞아주셨다. 그때 이후로 지금까지 책에서 위로를 얻고 힘을 얻으며 책이 주는 힘으로 살아올 수 있게 된 건, 당시 후각상피 깊은 곳에 들어와 자리 잡은 서점 냄새, 손끝에 남은 책의 감촉, 도서상품권을 차마 함부로 쓸 수 없어 고민하며 책을 골랐던 순간들 덕분일 것이다.

어른이 되어서도 지친 날에는 서점에 간다. 미로를 헤매듯 서가에서 헤맸고, '내가 책 속의 글에서 힘과 위로를 받았듯 내가 쓴 글도 누군가에게 힘과 위로를 줄 수 있을까?' 하는 꿈을 꿨다. 감히 책을 써볼 생각은 못 하고, 블로그와 인스타그램을 통해 내 생각을 글이라는 물줄기로 짧게 흘려보냈다. 그러다 함께하는 작가님들 덕분에, 조금씩 흘려보내던 생각의 글 줄기를 책 속 꼭지로 묶어 대롱대롱 내보낸다. 매우 부족한 글이지만 읽으시는 분들의 마음에 닿아 시원한 물 한 컵이 되기를, 그리고 다시 내게 돌아와 또 다른 생각과 글 줄기를 퍼 올리는 마중물이 되기를 바란다.

여행 같은 일상을 살고, 일상 같은 여행을 하자.

행운을 기다리지 않아도 돼. 행복은 늘 우리 곁에 있어.

떠나보면 알지

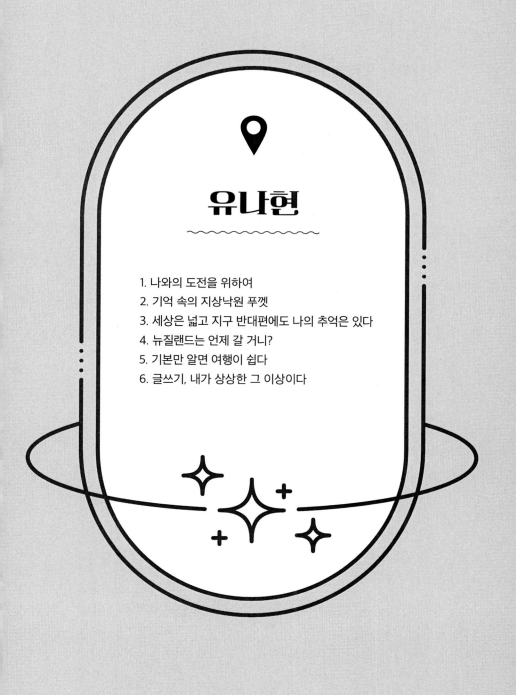

유나현

1. 나와의 도전을 위하여

〈걸어서 세계 속으로〉 여행 프로그램을 무척이나 좋아합니다. 현지에서 일어나는 실제 경험을 그대로 느낄 수 있고 볼 수 있어서 정말 그곳에 가 있는 듯한 느낌이었습니다. '오지에 가면 어떤 느낌일까? 진짜로 저렇게 멋진 그림 같은 곳이 있을까?' 외국 여행에 대해 상상만 하던 저는 영업을 하면서 포상으로 서른 곳 정도 여행을 다녔습니다. 회사에서 주최한 패키지여행은 완벽하게 짜인 프로그램으로 편안한 게 최고의 장점이었습니다. 하지만 내가 같이 가고 싶은 사람과 가는 게 아니라 프로모션 달성자들이 모여서 가다 보니, 기억에 남는 게 별로 없었습니다. 여행은 누구랑 가느냐도 굉장히 중요한 것 같습니다.

여행지에서 함께 쌓았던 추억을 이야기할 수 있는 사람이 얼마나 많으냐도 시간이 지나면서 저에게는 큰 재산이 되었습니다. 혼자만의 여행은 꿈도 못 꾸던 어느 날, SNS에서 보게 된 여자 혼자 해외 한달살이를 하는 분을 보게 되었습니다. 혼자 가는 해외여행이 그렇게 위험하지 않다는 것과 혼자서도 즐겁게 지낼 수 있다는 것을 알게 됐습니다. 그동안 내가 여행 갔던 곳을 다시 생각하면서 이것을 나만의 여행 요리법으로 남기고 싶다는 생각이 들어서 공저에 참여하게 되었습니다.

학교 다닐 때 글짓기를 해서 상을 타보거나 일기를 꾸준히 써본 경험도 없지만, 그동안 여행은 많이 다녀봤기에 여행지에서의 경험은 다른 사람들에게 들려줘도 좋겠다는 단순한 생각에 무모하지만 도전하게 되었습니다. 나이가 들면서 무언가에 도전할 수 있다는 용기도 여행이라는 주제가 있어서 가능한 것 같습니다. 한 번도 혼자만의 여행을 다녀본 적 없었는데 이번 기회로 해외여행이든 국내 여행이든 혼자만의 여행을 꿈꾸는 용기가 생겼습니다.

2. 기억 속의 지상낙원 푸껫

해외여행을 한 번도 가보지 못한 저는 신혼여행마저도 여건이 안되어서 제주도로 다녀왔기에 해외여행에 대해 아쉬움이 많았습니다. 영업하면서 첫 해외여행으로 푸껫을 갔습니다. 꿈에 그리던 해외여행은 설렘 그 자체였습니다. 여행 가기 전 그 떨림은 시간이 20여 년이 지난 지금도 생생하게 그려집니다. 20여 년 전 푸껫은 신혼부부들의 여행지로 인기가 최고였습니다. 푸껫은 비행시간도 짧고 고급스러운 수영장이 있는 빌라에서 즐길 수 있는 프로그램이 다양하고 휴양과 관광 두 마리 토끼를 모두 잡을 수 있는 관광지였습니다. 저는 해외여행이 처음이라 여행 떠나기 전 많은 검색을 해보았고, 그로 인해 푸껫에 대한 정보를 많이 가지고 떠날 수 있었습니다.

11월부터 3월의 푸껫은 우기로 비도 적게 오고 잔잔하고 아름다운 바다를 주로 즐길 수 있는 레저 활동하기에 정말 좋다고 합니다. 저희가 여행을 간 시기는 12월로 여행하기 딱 좋은 날씨였습니다. 개인적으로 출발했으면 푸껫이 성수기라 비싸서 가기 힘들었겠지만, 그런 걱정 없이 가는 여행이라 행복했습니다. 대전에서 공항버스를 타고 인천 공항에 도착했습니다. 처음 가본 인천 공항은 입이 다물어지지 않을 정도로 정말 크고 멋졌습니다. 앞으로 이곳을 이용할 일이 많았으면 좋겠다고 생각했습니다. 단체여행답게 넓은 공항에서 헤매지 않게 삼성이라는 큰 회사에서 준비한 단체여행은 정말로 고급스러웠고 세심한 준비물은 감동 그 자체였습니다. 영어가 두려운 저는 언어소통이 안돼 여행할 때 너무 불편하지 않을지 두려움이 있었습니다. 재치 있는 가이드는 본인이 처음 해외여행 갔을 때 에피소드를 이야기하면서 우리에겐 보디랭귀지가 있다고 자신감을 가지라고 언어소통 요령을 알려주셨습니다.

겨울에 떠난 동남아 여행은 푸껫 공항에 도착하자마자 숨이 막혔습니다. 우리나라 여름 날씨랑은 또 다른 습한 날씨가 적응되지 않았습니다. 하지만 숙소에 도착하자마자 천국이 따로 없었습니다. 호텔 방의 경치는 멋졌고, 에어컨 시설이 너무나 완벽했고 회사의 배려로 방에는 과일 바구니까지 최고였습니다. 창밖으로 펼쳐진 경치는 긴 시간 비행으로 지친 저에게 힐링이 되는 풍경이었습니다. 해외에 왔

떠나보면 알지

다는 생각에 설레었습니다.

　다음 날 아침부터 알찬 프로그램이 시작되었습니다. 단체로 움직이는 행사이다 보니 개인행동은 자제하게 되었습니다. 먼저 코끼리를 타고 트래킹 하는 투어였습니다. 가이드가 앞에 타서 트래킹을 시작하면 뒤에서 저희가 바나나도 주면서 주위를 구경했습니다. 그 시절에는 신기하고 재밌었는데 지금은 코끼리 학대로 인해 코끼리 보호 차원으로 코끼리를 타는 건 없어지고 코끼리 먹이 주기 등 여러 가지 체험으로 바뀌었습니다. 동물도 보호되고, 환경도 보호되고 잘 된 것 같습니다.

　우리 일행은 쾌속정을 타고 피피섬, 팡아만 섬 탐방을 다녀왔습니다. 130여 개의 섬으로 이뤄진 팡아만 국립 해상공원은 아름다운 자연 풍경과 함께 에메랄드빛 바다 색깔이 인상 깊은 해변은 정말 아름다웠습니다. 팡아만에서 가장 유명한 섬 제임스 본드 섬은 칼로 자른 듯한 바위가 꽤 인상적이었습니다. 영화 〈007시리즈 황금 총을 가진 사나이〉 편의 촬영 장소에서 기념사진도 남기고 현지인이 판매하는 기념품도 사며, 섬 곳곳을 구경했습니다.

　다음 프로그램은 스노클링 체험 시간이었습니다. 처음으로 해본 스노클링은 겁이 났지만, 현지 가이드의 친절한 안내로 두려움을 떨치고 연습을 한 후 천천히 들어가 보았습니다. 깨끗한 바닷속은 마치 거울로 보는 듯했습니다. 가이드가 주는 빵조각을 먹으려고 생전 처음 보는 다양한 열대어들이 우글우글 모여들기 시작했습니다. 물고기 색깔도 다양했고 산호도 예뻤습니다. 차근차근 알려주는 가이드 덕분에 스노클링도 여유 있게 즐길 수 있었습니다. 피로가 쌓인 몸을 녹여준 마사지는 푸껫 여행의 마무리로 최고였습니다.

예쁜 하늘과 바다는 해외여행을 처음 가본 저에게 20년이 지난 지금도 가장 좋았던 추억의 여행입니다. 여행의 즐거움은 오감으로 즐기는 것입니다. 귀로 듣고, 눈으로 보고, 코로 냄새 맡고, 피부로 느끼고, 입으로 맛보는 것입니다. 이 모든 정보가 뇌로 집중되어 분석하고, 판단함으로써 여행의 즐거움이 배가 되었습니다.

외국을 여행할 때 언어의 문제로 인해 귀로 듣는 문제에서 제동이 걸리는 경우가 많습니다. 한국인들이 단체로 가면 한국어 가이드가 동행하게 되고, 한국어로 설명을 해주는 사람이 있으면 문제는 쉽게 해결됩니다. 해외여행은 어떻게 마음먹느냐에 따라서 즐거움이 배가 될 수도 있고 아닐 수도 있습니다. 걱정만 했던 해외여행은 삼성이라는 큰 기업에서 준비한 만큼 너무나 만족스러운 여행이었습니다. 다음 프로모션이 나오면 꼭 달성해서 다음 여행에도 와야겠다는 생각이 들었습니다. 지금도 거실 한쪽에 놓인 푸껫 여행 사진은 사진만

떠나보면 알지

봐도 그 시절 코끼리를 타고 여행한 멋진 추억이 떠오릅니다. 이제 코끼리는 못 타지만 지금도 변함없이 좋은 푸껫 여행 추억은 다시 한번 가고 싶은 여행지로 항상 생각나게 합니다. 내 나이 환갑이 되면 그때 그리운 푸껫으로 다시 한번 환갑여행을 가고 싶습니다.

3. 세상은 넓고 지구 반대편에도 나의 추억은 있다

보험영업 환경이 바뀌면서 한 회사만 취급하던 회사들이 여러 회사를 취급할 수 있게 변하면서 회사마다 프로모션으로 여행 시책을 많이 걸었습니다. 일도 하고 여행도 할 기회이기 때문에 정말 열심히 일했습니다. 그 덕분에 해외여행 시책을 달성하면서 매년 한두 번 해외여행의 기회가 주어졌습니다. 가까운 거리인 일본 오사카, 후쿠오카 북해도, 한국 사람이 많이 다녀오는 동남아 여행지 중 사이판, 코타키나발루, 싱가포르, 라오스 등 많은 곳을 덕분에 다녀올 수 있었습니다. 하지만 지구 반대편에 있는 유럽이나 뉴질랜드 같은 곳은 여행 상품으로 나오지 않아 아쉬움이 많았습니다.

일 년에 한두 번 동남아 여행을 다니던 시절 그토록 가보고 싶은 유럽 여행 프로모션이 시작되었습니다. 달성해야 하는 목표는 컸지만, 이번에도 삼성생명에서 진행하는 일정으로 기대됐습니다. 그동안 다녔던 여행과는 비교도 안 될 정도로 초호화 유럽 여행 프로모션이 떴기 때문입니다. 3개월 실적을 달성하면 스페인, 포르투갈을 다녀오는 여행 코스는 상상만 하던 나라를 다녀올 기회가 되었습니다. 유럽 쪽은 거리가 멀기 때문에 큰마음을 먹어야 떠날 수 있는 곳입니다. 많은 사람이 경비도 부담되고 긴 시간을 내야 떠날 수 있는 곳인데 여행상품으로 나와서 정말 기뻤습니다. 가고 싶으면 그냥 자비로 갈 수도 있지만 영업하는 저에겐 13일 정도의 시간을 빼서 여행을 간다라는 것 자체가 부담스러웠습니다. 하지만 이번 유럽 여행 프로모션은 저에게 일을 열심히 할 수 있는 동기부여가 되었습니다.

동남아 여행은 비행시간이 길어야 6~7시간이어서 부담스럽지 않았는데 유럽에 간다고 생각하니 비행시간이 걱정됐습니다. 14시간의 비행시간은 생각만 해도 엄청 힘들 거 같았습니다. 그런데 막상 타 보니 잠도 푹 잘 수 있었고, 평소 보지 못했던 최신 영화도 두 편씩이나 봤습니다. 긴 시간이 어떻게 가는지 모르게 빠르게 지나갔습니다. '비행시간이 길어서 힘들겠구나'라고 생각만 했는데 역시 경험을 해보니 짧은 시간보다 긴 시간이 오히려 더 편안하다는 걸 느꼈습니다.

그렇게 도착한 스페인은 너무나 멋졌습니다. TV에서만 보던 스페인을 와보니 행복했습니다. 첫 번째로 방문한 스페인 왕가로 실제로 살

떠나보면 알지

왔었던 마드리드 왕궁의 엄청난 규모는 감탄 그 자체였습니다. 3,418개의 방이 있다는데 내부 규모도 엄청나고 화려해서 볼거리가 많았습니다. 두 번째로 방문한 바르셀로나는 가우디의 멋진 건축물들을 도심 곳곳에서 볼 수 있는 곳입니다. 그중에서도 사그라다 파밀리아는 아직도 공사가 진행 중이지만 소름이 돋을 정도로 화려하고 섬세함이 멋졌습니다. 괜히 천재 건축가 가우디라고 말하는 것이 아니구나 싶었던 성당이었습니다.

건물을 보는 각도마다 쓰인 자재와 느낌이 다르게 조각되어 있었고 정형화된 모습이 아니라 독특하고 매력적인 신구의 조화가 느껴지는 모습이었습니다. 가우디의 열정과 천재적인 감각이 고스란히 느껴지는 내부 모습은 가우디가 타계하기 전까지 이곳에 모든 열정과 노력을 쏟아부었다고 합니다. 1882년 공사를 시작해서 지금까지도 미완성되어 있는데 현재진행형으로 아직도 지어지고 있습니다. 전 세계 사람들이 명소로 찾는 곳이기 때문에 항상 사람들로 북적입니다. 성당의 역사와 설계 의도를 알 수 있으면 관람하는 데 많은 도움이 되므로 음성 안내를 꼭 들으시길 바랍니다.

가우디의 작품 중 구엘 저택은 실내는 고급스러우면서 웅장했고 시내 전망을 감상하기도 좋았습니다. 구엘 공원은 멋진 전망과 타일이 이색적이고 공간마다 하나하나 의미가 담겨있어 볼거리가 넘쳤습니다. 세 번째로 방문한 세비야는 스페인에서 가장 스페인다운 도시입니다. 열정의 플라멩코로 유명한 세비야의 구시가지 거리는 스페인의 느낌과 다채로운 색감이 가득한 동네입니다. 아기자기한 구시가지 골목만 걸어도 힐링이 됩니다.

구시가지를 천천히 일행과 돌아다니면서 구경할 수 있어서 편안했습니다. 저녁에는 멋진 플라멩코 공연도 보면서 세비야의 추억을 담아갈 수 있었습니다. 세계에서 3번째로 크다는 세비야 대성당은 높이 100미터의 히랄다 탑이 보입니다. 특이하게도 경사로를 통해서 탑 꼭대기까지 올라가면 25개의 종이 우리를 맞이합니다. 종탑에서는 세비야 전체를 전망할 수 있습니다. 히랄다 탑에서 내려다본 세비야의 모습은 흰색과 연한 갈색빛 지붕들로 꾸며져 있는 도시의 풍경과 저 멀리 넓게 펼쳐져 있는 구릉지가 한눈에 보였습니다. 중세 도시인 세비야 여행은 낡은 건물이 주는 아늑함과 정겨움까지 더해 지금까지도 기억에 많이 남습니다.

마지막으로 스페인과 인접한 포르투갈 리스본 여행은 에그타르트부터 먹고 시작했습니다. 툭툭을 타고 전망대 투어도 즐겼습니다. 바다와 도심을 한눈에 담을 수 있는 산타 루치아, 포르토스 두 솔 전망대 뷰는 아름다운 그 자체였습니다. 푸른 초원이 펼쳐진 유럽 대륙의 최서단 땅끝에 있는 마을을 밟아보며 우리나라 해남이 생각났습니다.

떠나보면 알지

여행은 스스로가 소유한 일상을 대가로 지급하고서 얻을 수 있는 결과물이기도 합니다. 생존을 위한 불안, 타인과의 관계 등 잠시 내려놓고 얻을 수 있는 게 여행이 아닌가 싶습니다. 여행하는 동안은 일상을 잊을 수 있기 때문입니다. 영업을 할수록 이런 여행이 저에게는 큰 힘이 됐습니다. 지구 반대편에 있는 유럽이라는 국가를 여행하는 그날을 또 기대하며 세상은 넓고 여행할 곳은 많다는 걸 기억하고 오늘도 미래의 여행 계획을 잡아봅니다.

4. 뉴질랜드는 언제 갈 거니?

중학교 절친이 25살이 되던 해 뉴질랜드로 이민을 떠났습니다. 태권도하는 신랑을 만나 뉴질랜드에서 태권도장을 하면서 새로운 삶을 살겠다고 떠나 버렸습니다. 뉴질랜드에서 우리의 추억을 만들어 보자고 했지만, 헤어진 지 28년이 되어가는데 정작 그 많은 여행을 다니면서도 뉴질랜드 여행을 한 번도 가보질 못했습니다. 캐나다도 갔다 오고 스페인도 갔다 오고 뉴질랜드 옆 동네인 호주도 다녀오면서 절친이 사는 뉴질랜드를 한 번도 가보지 못한 제가 정말 절친이 맞나 싶습니다. 친구에게 늘 핑계만 대는 저는 할 말이 없습니다.

친구가 뉴질랜드로 떠난 후 함께 모임을 하던 친구들이 결혼하면 자유롭지 못해 뉴질랜드 여행을 못 갈 수 있으니 혼자일 때 편히 뉴질랜드 여행 다녀오자고 제안했지만, 그 당시 결혼을 앞둔 저는 결혼 준비로 마음의 여유가 없어서 친구들만 뉴질랜드로 떠났습니다. "나도 금방 놀러 갈게!" 그게 벌써 30년이 다 되어갑니다. 참 무심한 친구입니다. 영업이 뭐라고 그 긴 시간 동안 가보질 못했나 지금은 후회만 됩니다. 뉴질랜드에 한 번도 오지 못한 나를 위해 친구는 틈틈이 전화로 뉴질랜드 생활에 관해서 이야기해 주며 본인이 여행 다녔던 뉴질랜드 곳곳의 아름다움을 전하며 "너랑 이 좋은 풍경 함께 감상하고 싶어. 언제 들어올 거니?"라며 함께 못함을 안타까워했습니다.

지구상에서 가장 청정한 지역 뉴질랜드는 우리나라와 정반대의 기후를 가지고 있어 우리나라 겨울에 뉴질랜드를 여행하면 가장 좋다고 합니다. 그래서 많은 사람이 겨울에 여행을 많이 가기 때문에 물가가 제일 비싼 시점이라는 단점이 있습니다. 뉴질랜드 여행을 꿈꾸며 여행상품 검색을 많이 해보았습니다. 뉴질랜드는 크게 북섬과 남섬 두 개의 섬으로 이루어진 영토이고 남섬은 설산과 호수 등 다채롭고 아름다운 자연환경이 북섬에 비해 많아 관광지로 유명합니다. 친구가 사는 오클랜드는 북섬의 북단에 있고 많은 인종이 함께 어울려 사는 최대 도시이며 경제 중심지입니다. 세련되고 여유로운 도시와 그림 같은 자연을 사랑하는 여행자들에게 이상적인 여행지입니다.

떠나보면 알지

오클랜드는 지난 14만 년 동안 약 53개의 화산이 솟아오른 화산지대로 도시 어디에서나 쉽게 화산구를 볼 수 있다고 합니다. 그중에서 가장 유명한 곳이 마운트이던입니다. 오클랜드에서 가장 높은 화산인 마운트 이던의 정상에 오르면 신비로운 화산구 지형과 동시에 도시와 항구가 어우러진 멋진 풍경을 감상할 수 있습니다. 너무 기대됩니다. 오클랜드는 여행자들이 즐겨 찾는 도심 속 휴식처로 어딜 가든 초록빛이 풍성한 곳이라고 합니다. 또한 오클랜드는 도심지와 외곽지역 모두 자전거 도로가 잘 연결되어 있어서 다양한 경로를 선택해서 자전거 마실을 할 수 있다고 합니다. 해안선, 산, 공원 등 아름다운 경치를 즐기면서 자전거를 탈 수 있다고 하니, 영업 전선에서 항상 바쁘게만 살던 저에겐 힐링이 될 수 있는 곳이라 생각됩니다.

뉴질랜드는 동물의 천국입니다. 때 묻지 않은 자연 속에 사는 많은 야생동물을 만날 수 있다고 하니 우리나라에서 보지 못한 많은 동물을 볼 수 있어 기대됩니다. 주의할 점은 야생동물과의 접촉 시에는 안전거리를 유지해야 하며, 무단으로 먹이를 주거나 접근해서는 안 됩니다. 뉴질랜드의 상징인 키위새는 뉴질랜드 여행 시 꼭 한번 만나면 좋은 동물이라고 하니 기억해 두었다가 꼭 만나고 와야겠습니다. 오클랜드 동물원은 뉴질랜드 최대의 동물원으로 잘 조성된 트랙을 산책하듯 거닐며 135종 이상의 전 세계 동물을 볼 수 있다고 합니다. 이 또한 여행하면서 힐링할 수 있는 장소 중의 한 곳인 거 같습니다.

유나현

오클랜드에서 꼭 가봐야 할 곳 중 하나가 스카이타워입니다. 전망대에서는 오클랜드 시내를 360도 전망으로 구경할 수 있습니다. 해질 무렵 올라가서 야경까지 즐기고 오면 좋을 거 같습니다. TV에서 본 스카이타워 외벽을 따라 걷는 스카이워크와 스카이점프도 있어서 스릴을 즐기고 싶은 분들에게 최고의 도전이 될 것입니다. 오클랜드 근교 와이헤케 섬은 오클랜드에서 페리를 타고 약 40분 정도 이동하면 되는 섬입니다. 렌터카 없이도 방문하기 좋아서 뚜벅이 여행객도 부담 없이 즐길 수 있는 오클랜드 근교 여행지입니다. 탁 트인 해변과 와이너리 등 볼거리 즐길 거리가 많아서 뉴질랜드 현지인들도 즐겨 찾는 곳 중 한 곳입니다.

뉴질랜드 여행을 가기 위해 계획을 잡고 여러 가지 검색을 해보았지만, 사실 친구만 만나러 가도 행복하고 시간 가는 줄 모를 것입니다. 친구는 뉴질랜드에서의 삶이 행복하고 여유 있다고 합니다. 한국에 있는 친구들하고 통화하면 하나같이 시댁 이야기며 친정 이야기며 본인의 삶이 없는 것 같은 삶의 얘기를 듣기만 해도 지친다고 합니다. 딱 하나 가끔 그리운 친구들을 못 만나는 게 향수병처럼 온다고 하네요. 나의 삶도 많이 바뀌긴 했지만, 여전히 남들과 비교하고 많이 가졌어도 더 갖고 싶어 하는 것 같습니다.

내가 생각하는 행복의 조건은 무엇일까요? 예전엔 돈만 많으면 행복할 것 같았습니다. 하지만 30년이 다 되어가도 절친이 있는 뉴질랜드에도 못 가본 나의 삶을 돌이켜보니 한심한 생각이 듭니다. 뉴질랜드 얼마나 멀다고 못 갔을까요? 지금 당장이라도 가면 될 것을 뭘 그리 망설였을까요? 안 가보니 상상만 하게 되고 꿈만 꾸게 되는 것 같습니다. 매번 가보고 싶은 여행지로 꿈만 꾸던 뉴질랜드, 꿈을 현실로 만들기 위해 친구가 선물해 준 마누카 꿀 한잔 마시면서 오늘도 뉴질랜드 여행을 그려봅니다.

5. 기본만 알면 여행이 쉽다

30여 곳의 여행을 다니는 동안 단 한 번도 혼자 여행을 간다거나 내가 주도적으로 계획을 잡고 여행을 주도해서 다녀본 적이 한 번도 없었습니다. 항상 단체 패키지여행만 다녀왔는데 단체여행 짐 싸는 거나 개인 여행 짐 싸는 건 비슷하다는 생각이 듭니다. 처음 여행 갈 때는 뭐가 필요한지도 모르고 준비물에 적혀 있는 대로 바리바리 싸서 떠났던 기억이 납니다. 해외여행 초기엔 선물이랑 영양제랑 잔뜩 사서 돌아와서 짐이 두 배가 되어 여행의 끝이 더없이 힘들었던 기억이 납니다. 여행을 많이 다녀보니 짐 싸는 것도 빨라지고 현지 음식 적응도 좋아서 이제는 여행 가방이 한결 가벼워짐을 느낍니다.

여행을 다녀올수록 여행 갈 때 가방이 가벼워진다는 장점이 있습니다.

1) 적은 짐으로 여행하기

가능하다면 적은 양의 짐을 가지고 갑니다. 꼭 챙겨야 할 필수품 외에는 불필요한 물품은 비우고 가볍게 움직일 수 있도록 합니다. 예를 들어 옷은 더운 나라를 가더라도 에어컨이 세기 때문에 겹쳐서 입을 수 있도록 아무 곳에나 어울리는 옷들로 챙깁니다. 여러 개를 겹쳐놔도 너무 구김이 없는 옷들로 준비하는 것도 요령입니다.

2) 현지 음식 먹기

예전에는 해외여행을 간다고 하면 라면에서부터 김치, 김, 참치 통조림 등등 정말 많은 음식을 챙겨갔는데 현지 음식이 좀 맞지 않아도 체험한다고 생각하고 현지 음식을 먹도록 합니다. 한국에서 음식은 챙겨가지 않습니다. 덕분에 여행 가방은 가벼워집니다.

3) 혼자 행동하지 않기

단체 여행을 가면 꼭 개인행동으로 꼭 단체에 피해를 주는 사람들이 있습니다. 단체로 여행을 간다면 개인행동은 자제해야겠지요?

떠나보면 알지

4) 유연한 마음가짐

여행은 계획대로 이루어지지 않을 수 있습니다. 현지 상황에 따라 일정이 변경될 수도 있는데 불평불만으로 같이 여행 가는 일행에게 불편을 주는 행동을 할 수 있습니다. 계획대로 되지 않더라도 유연한 태도를 보이고 상황 변화에 잘 적응하는 게 좋습니다. 긍정적인 마음가짐을 가져야 여행 내내 행복할 수 있습니다.

6. 글쓰기, 내가 상상한 그 이상이다

살아가면서 우리에게 수많은 기회가 오지만 그 기회를 잡는 사람은 얼마나 될까요? 우연한 기회에 알게 된 어느 작가님의 스토리를 보면서 글이라곤 써본 적이 없는 초보 작가가 덥석 기회를 잡아 버렸습니다. '잘한 일일까, 남에게 피해를 주는 건 아닐까?, 지금이라도 포기해야 하나?' 이런 생각을 내려놓고 저만의 여행 이야기를 들려주고 싶었습니다. 〈걸어서 세계 속으로〉 프로그램을 보면서 간접 경험으로 느낄 수 있는 그런 이야기를 다른 사람들에게 해주고 싶었습니다.

용기로 시작된 여행 에세이를 쓰면서 무작정 여행을 떠나고 싶었습니다. 계획하고 계획해서 떠나는 여행이 아닌 "내일 일본에 가서 라면

이나 먹고 올까?"라고 말하면 같이 떠날 수 있는 친구가 있고 여행에 대한 두려움이 없이 그냥 일상에서 벗어나 나 자신을 찾는 그런 시간을 갖는 여유가 나에게 있었으면 좋겠습니다. '내가 할 수 있을까?'가 아닌 여행 레시피를 직접 짜서 "다 같이 갑시다"라고 할 수 있을 정도의 여유가 이번 기회를 통해 생길 것 같습니다. 여행 에세이 공저에 참여한 후 나에겐 또다른 꿈이 생겼습니다. 글공부를 더 해보고 싶고, 저만의 종이책도 써보고 싶다는 생각이 들었습니다. 공저에 참여하길 잘했습니다.

여유가 있어서 여행을 가는 게 아니다. 가고 싶을 때 지금 가자.

행여 다리 떨릴 때 가려는 건 아니지?

떠나보면 알지

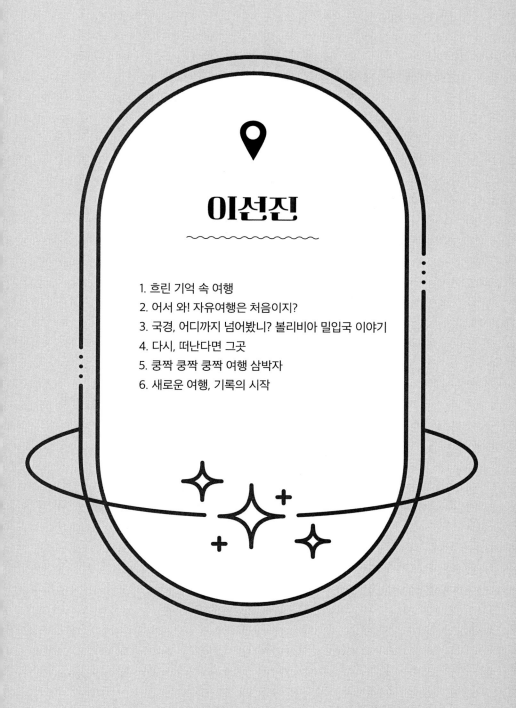

이선진

1. 흐린 기억 속 여행

여행을 다녀올 때마다 현지 정보나 그곳에서 느낀 감정을 기록하려고 했지만, 바쁜 일상과 일에 치여 한 번도 실천하지 못했다. 추억 속 오래된 여행이 많아지고 기억에서 희미해져 가던 어느 날, 가본 곳인데 이름이 기억나지 않아 좌절했다. 여기저기 흩어져 있는 여행을 모아 보기로 다짐했다. 하나씩 기억을 상기하고, 다시 기록하다 보니 어느새 여행 추억들도 떠오르고 회사에서 휴가를 위해 팀장님께 했던 투쟁들도 새록새록 생각이 난다.

여행을 좋아하지만, 떠나기 좋은 조건의 회사에 다니진 못했다. 동종업계 휴가는 늘 8월 첫 주인데, 내가 다닌 회사도 마찬가지였다. 일복이 많아서 바쁜 걸 핑계로 남들 휴가 갈 때 안 가고, 한가한 시간에나 홀로 떠나기 일쑤라 상사에게는 늘 눈엣가시가 되었다. 한번은 8월 프로젝트를 핑계로 나중에 휴가를 가겠다고 한 후, 내가 원하는 시기에 계획서를 냈다. 실무 스케줄을 내가 쥐고 있었기에 일정 조정까지 마무리한 뒤라, 당연히 승인이 날 줄 알았는데, 반려되었다. 알고 보니 주어진 휴가는 5일인데 나눠서 쓰라는 내용이었다. 회사정책은 아니었지만, 8월 휴가 간 팀원들에게 내린 팀장님 명령이 나에게도 해당한다고 한다.

당시 뉴질랜드 여행을 예약한 상태였다. 앞뒤 주말과 휴가 5일을 꼭 채운 계획이라, 일정에 차질이 생겼다. 쉽게 포기할 내가 아니었다. 휴가 계획서와 함께 장문의 메일을 팀장님께 보냈다. 나의 꿈은 매년 더 넓은 세상을 보고, 좋은사람들과 평생 여행하며 사는 것이다. 나를 열심히 일하게 만드는 삶의 원동력은 여행이다. 휴가를 나눠 쓰면 올해 나의 계획은 엉망진창이 된다. 존경하는 팀장님은 나의 멘토로서 내가 계속해서 꿈을 이루며 살 수 있도록 독려할 필요가 있지 않겠냐는 내용이었다. 몇 번의 면담과 세 번째 휴가 계획서를 보내고 나서야 가까스로 승인이 났다. 공항에서 팀장님께 문자를 받았다. 회사의 도구가 아닌 꿈을 이루며 사는 모습이 너무 좋아 보이고 멋지다며 지금처럼 살라고 힘을 주셨다.

2. 어서 와! 자유여행은 처음이지?

대학 학창 시절 배낭여행을 가던 친구들이 참 부러웠다. 친구들이 떠났던 그 모든 날에도 나는 여행을 가겠다고 부모님께 손을 벌릴 생각을 하지 못했다. 어려운 형편에 미대 뒷바라지 해준 최소한의 예의였다. 주말 아르바이트도 하고 방학 땐 인턴십도 하며 나름대로 생활력 있고 착실하게 보냈다. 그렇다고 여행을 떠날 만큼의 돈벌이를 했던 것은 아니었고, 나의 아르바이트 비는 미대생 품위유지비 정도였다. 어느 날 엄마가 그랬다. "나라면, 쓸데없는 옷 한 벌, 액세서리 살 돈을 아껴서 여행이라도 한 번 더 가겠다. 돈이 많아서 이것저것 할 수 있으면 괜찮지만, 지금 너의 소비는 쓰잘데기 없는 곳에 사용하잖니?" 엄마의 한마디는 나의 소비 욕구를 저축하는 습관으로 바꾸는 것에 크게 한몫했다.

나의 첫 여행은 20대 중반, 돈을 벌기 시작하면서다. 여름휴가 일정이 대충 정해지고 어디를 갈지 고민하던 중 아직 학생이던 친구가 유럽 배낭여행을 떠난다는 소리를 들었고, 나도 함께하고자 계획을 세웠다. 누구나 여행지에 로망이 있을 테지만, 나에겐 프랑스 파리가 그런 곳이었다. 모태신앙으로 세례명이 소화 데레사라서, 말로만 듣던 그녀가 살던 나라에 가보고 싶었다. 첫 번째 여행을 손꼽으라면 어쩐지 꼭 파리에 가고 싶다고 꿈꾸곤 했다. 휴가는 일정상 꽉 채운 9일 정도 가능해서 친구의 첫 여행지를 함께 할 수 있었다. 친구는 터키로 들어가서, 쭉 돌다가 파리로 아웃 하는 일정이었다. 친구에게 "난 파리가 너무 가보고 싶은데, 혹시 인 아웃 일정을 바꿔줄 수 없어?" 하고 물었지만, 친구도 모든 동선과 여행 컨디션을 고려하여 합리적으로 결정한 거라 어렵다고 했다. 혼자 떠난다는 것을 상상할 수 없던 나에게 친구와 동행하는 것이 더 중요했기에 파리는 다음에 가보기로 하고 터키행 비행기 표를 끊었다.

떠나보면 알지

나의 첫 자유여행이자 첫 유럽 여행지인 터키는 친구 계획에 무임 승차 하여 출발하였다. 인터넷 정보가 지금처럼 많지 않던 시절이었고, 여행 관련 서적을 보고 공부해야만 현지 정보를 알 수 있었다. 지금보다 더 설렘이 넘치게 떠날 수 있었고, 현지 정보를 실시간 알지 못해 변수도 많았다. 아쉽게도 바쁜 회사 탓에 준비를 많이 할 수 없었고 처음이라 뭘 해야 하는지도 알 수 없었다. 여행을 한창 준비하던 중에 〈그것이 알고 싶다〉 방송에서 터키의 유학생 납치 사건을 보도 했다. 엄마는 터키 여행은 절대 안 된다고 완강하게 반대하셨다. 쉽게 포기할 내가 아니다. 엄마를 안심시키기 위해 "패키지여행이라, 가이드가 함께 가는 거라 위험할 게 하나도 없어."라며 거짓말로 안심시켰다. 그럼에도 허락하지 않는 엄마에게 그 당시 비행기 표를 판매했던 여행사로 전화해 엄마가 물어보면, 패키지여행이라고 대답해달라고 부탁까지 해서 어렵게 허락을 받아 냈다.

터키에서 첫날, 이스탄불에서 아침에 눈을 뜨자마자 하늘을 보고, 바게트에 커피 한잔을 마시는 것만으로도 행복했다. 친구가 예약한 게스트하우스 직원과 사장은 친절했고, 그곳에서 만난 사람들은 우리에게 관대했다. 날씨도 좋았고 순간순간이 꿈만 같이 느껴질 정도로 여유로웠다.

여행 3일 차, 이스탄불에서 보내는 마지막 날 아침에 우리가 타려고 했던 야간 버스가 운행하기가 어렵다는 얘기를 들었다. 당장 이스탄불에서 숙소를 하루 더 구해야 했다. 게다가 다음 일정인 산토리니에 가려면, 다음 날 비행기로 그리스로 이동 후에 배를 타고 섬에 들어가야 했다. 나는 친구와 함께 산토리니섬과 아테네 여행을 하고, 이스탄불 공항에서 잠시 환승만 해서 한국으로 가는 일정이었다. 그러나 아테네에 가지 않고 혼자 이스탄불로 와서 이틀을 지낸 후에 한국으로 돌아가는 건 어떤지 친구가 조심스럽게 물었다. 혼자 여행할 자신이 없었던 나는 조금 무리를 하더라도 함께 이동하는 방향으로 일정을 변경하자고 했다.

결국 배 시간과 비행기 시간을 조율하느라, 우리는 오전 시간을 다 써버렸다. 갑자기 생긴 변수 때문에 남아 있는 시간 동안 볼 수 있는 곳이 한정적이었다. 톱카프 궁전과 돌마바체 궁전 탁심 광장에 들르는 게 마지막 일정이었다. 결국 톱카프 궁전밖에 볼 수 없었다. 사실, 터키에 오기 전에 일정에 꼭 넣었으면 했던 두 곳(돌마바체 궁전, 탁심 광장)을 못 갈 상황이 된 것이다. 친구와 아이스크림을 먹으며, 궁전 입장하는 줄을 섰다. 시무룩한 내 표정을 보며 친구가 조심스럽게 "선진아. 돌마바체 보고 싶으면 넌 가서 그거 보고 이따 만날까?"라는 제안을 했다. 나는 이 말을 듣고 먹던 아이스크림을 내동댕이칠 정도로 화가 났다. 이곳까지 와서 함께 줄을 서 있는데, 그런 말을 하는 친구가 이해되지 않았다. "난 영어도 못 하고 처음 여행하는 건데, 같이

떠나보면 알지

와서 왜 자꾸 혼자 뭘 하라고 하는 거야?" 하며 소리를 쳤다. 혼자 다닐 거였음 여기 오지도 않았을 거라고 말하는 나를 보며 친구는 당황했다. 보호자 없이 떠난 첫 여행이었고, 위험하다고 방송된 낯선 도시에 처음 온 나로서는 친구한테 의지하는 마음이 컸다. 친구에게 의지하는 마음이 큰 만큼 섭섭함이 쌓였고, 나중엔 그녀가 나를 골탕 먹이려 한 거라는 유치한 생각까지 이르렀다. 그때는 함께 여행할 생각이 없는 친구에게 억지로 따라다니는 불청객 느낌마저 들었다.

그러나 친구의 제안이 얼마나 합리적인 것인지 여러 번 여행하고 나서야 깨달았다. 여러 날을 다른 친구들과 여행하며 알게 된 한 가지는 나는 혼자 무언가를 하는 것을 좋아하지 않는다. 혼자 여행하고 밥 먹는 것 등은 흥미를 느끼지 못하고 '누군가' 함께 하는 여행의 의미를 부여하는 성향이 강했다. 난 친구와 함께하는 것이 중요하니 조율하는 것을 원했고, 친구는 내가 하고 싶은 것을 못 하는 것보단 혼자라도 보고 오라고 선택권을 준 것이었다. 어린 마음에 "너 그거 하고 싶으면 혼자 가서 하렴" 하는 친구의 말이 "나 너랑 놀기 싫어"로 들렸다. 첫 자유여행에서 유치한 자아와 만나게 되었다. 우습게도 그 친구와는 아주 오랫동안 토라진 상태로 지냈다. 그러나 지금 그녀는 나에게 누구보다 훌륭한 여행 메이트이다. 그리고 지금 나는 누군가와 함께 여행해도, 때론 혼자만의 시간을 즐길 줄 아는 여행 베테랑이 되어 있다.

이선진   179

3. 국경, 어디까지 넘어봤니? 볼리비아 밀입국 이야기

나는 여행을 좋아하지만, 회사에서 제법 인정받는 워커홀릭이었다. 앞만 보고 달리던 어느 날, 회사 경영 위기로 인해 부서가 통째로 날아가기에 이르렀고 정성을 쏟았던 내 브랜드와 회사는 망했다. 하필 나의 생일날 퇴사 통보를 받고 백수가 되었다. 퇴사 후 인생 터닝 포인트인 남미 여행을 떠났으니 새롭게 태어나는 기회의 날이기도 했다. 늘 여행 떠날 궁리만 하던 나는 같이 퇴사하게 된 친구와 퇴직금을 가지고 어딘가로, 떠나기로 했다. 어디 갈지 고민하기도 전에 친구가 말했다. "장소는 어디든 상관없는데, 한국에서 제일 멀리 가자. 우리 그리고 무조건 크리스마스 전에 한국을 떠나자. 난 한국이 싫어! 너무 추운 곳도 싫어." 그렇게 정해진 장소는 남미였다. 적도 가까운 나라로 가면 따뜻할 거라고 막연히 생각했고 한국이랑도 머니까 그쯤이 좋겠다고 합의했다. 무식해서 용감했지만, 안타깝게도 용기는 부족했다. 여자 둘이 가기엔 위험할 거란 소리를 듣고, 우린 배낭 세미(semi)여행을 선택했다. 큰 나라를 움직이는 일정은 정해진 데로 움직여야 하지만, 도착한 도시에서는 자유롭게 여행했다. 시간이 갈수록 단둘이 아닌 함께 하는 사람들이 많아 의지도 되고 왁자지껄 더 즐겁게 여행할 수 있었다.

여행은 늘 새로운 경험을 하게 한다. 남들 한다는 건 또 다 해보고야 마는 성격이라, 페루에서 일정은 즐거우면서도 다소 바쁘고 피곤했다. 버기카를 타고 사막에서 모래바람을 가르며 썰매를 즐기고, 와카치나 오아시스에서의 야간 수영은 잊지 못할 추억을 안겨 주었다. 나스카에서 경비행기를 타고, 마추픽추에 가서는 하루 100명만 입장할 수 있는 와이나 픽추도 올랐다. 생애 첫 남미 여행, 첫 등산, 첫 사막, 첫 경비행기 여행에서 만나는 모든 게 내 인생 첫 경험이었다. 쉴틈 없이 움직였고, 모든 순간이 행복했다.

이선진

페루의 마지막 일정, 우린 티티카카 호수를 보기 위해 푸노로 심야 버스를 타고 이동했다. 새벽, 푸노에 내려 비몽사몽간에 호텔로 이동하기 위해 택시를 탔다. 숙소에 도착하자마자 짐만 풀고 바로 예정되어 있던 티티카카 호수 투어를 출발해야 했다. 투어 비용을 내려고 가방을 찾는데 보이지 않는다. 분신처럼 들고 다니던 손가방이 없어졌다. 사진을 보며 곰곰이 되짚어 보았다. 그때 친구가 택시에서 내렸을 때 옆구리에 가방 대신 빵 봉지를 들고 있었던 게 기억난다고 말한다. 쿠스코 맛집에서 산 빵이라고 애지중지 들고 오긴 했지만 설마 가방은 두고 빵 봉지만 챙겼을 리가 없다. 말도 안 된다고 생각했지만, 슬픈 예감은 늘 적중한다. 가방 안에는 여권과 볼리비아 비자, 어제 찾은 현금과 내 여행을 책임질 신용카드까지 온갖 주요 소지품이 다 들어있다. 게다가 정신 차릴 틈도 가방을 찾을 새도 없이 바로 티티카카 투어를 가야 하는 상황이다. 당장 투어 비용도 없는 국제 거지 신세지만, 혼자 남아있다고 한들 할 수 있는 일은 없다. 친구에게 돈을 빌려 투어 비용을 내고 일단 출발했다. 그날은 날씨가 흐렸고 바람이 많이 불어, 티티카카 호수는 너무 추웠다. 상상했던 파란 하늘에 예쁜 호수 대신 칙칙한 어두운 하늘을 보며, 우루스 섬을 거쳐 따깔레 섬에 도착하였다. 이곳에서 불행한 사람은 나뿐인 것 같았던 그때, 지나가는 꼬마가 나를 보더니 해맑은 표정으로 행복한 웃음을 지어주었다. 전기도 들어오지 않는다는 이 섬에서 자연에 순응하며 살고 있는 모든 사람이 얼굴에 미소가 가득하다. 가진 것도 없이 곧 쓰러질

떠나보면 알지

것만 같은 집에서 살면서도 저렇게 웃을 수 있는 그들에게서 배웠다. 이곳 사람들은 가진 것이 없어도 표정이 꾸밈없이 밝다. 그에 비하면 내가 잃어버린 것은 고작 가방 하나인데, 나는 지금 당장 불행해 어쩔 줄 몰랐고 표정은 화가 나 있었다.

티티카카호수에서 돌아온 나는 온 힘이 빠져 아무것도 할 수 없었다. 저녁도 먹지 않고 방에서 잠깐 누워있다가 잠이 들었는데 얼굴에 벌레까지 물리게 되었다. 빈대인지 뭔지 모르겠지만 로비에 가서 벌레가 있으니, 방을 바꿔 달라고 했더니 풀 북이라 불가능하다고 한다. 머릿속엔 돈도 없고 여권도 없고, 심지어 이제 아프기까지 하니 한국에 가고 싶단 생각만 들던 그때, 친구한테 연락이 왔다. 행복해 보이는 나의 SNS를 보고 부럽다는 친구의 말에 참았던 울음이 터지고 말았다. 뭐가 그렇게 서러웠던지 엉엉 울고 있었더니 일행들이 하나둘 몰려들기 시작했다. 호텔 측은 방은 정말 없고 침구를 다 바꿔주고 방에도 약을 뿌려 준다고 나를 달래 주었다. 일행 중 의사가 있었는데 이마에 항생제 주사를 놔주고 약도 바로 처방해 줬다. 부어있던 이마도 바로 가라앉고 한바탕 울고 났더니 마음도 안정되었다.

여권을 재발급하기 위해 혼자 리마로 돌아가서 행정 처리를 하고 다음 목적지인 라파스로 가야 했다. 페루의 교통수단을 고려하면 이삼일 정도 걸리는 일이었다. 나는 맘이 피폐한 상태로는 단 한 순간도 혼자 있고 싶지 않았고 두려웠다. 그래서 볼리비아 밀입국을 결정할 수밖에 없었다. 버스 기사에게 내가 국경에서 내리지 않아도 모른 척 해줄 수 있도록 팁으로 약간의 돈을 주었다. 또 볼리비아 도착 비자를 만들어 주는 암표상에게 추가로 돈을 지불해야겠지만, 나로서는 최선이었다.

다음 날 아침, 볼리비아 국경에서 사람들이 모두 버스에서 내려 국경에 줄을 서 여권에 스탬프를 찍고 출입국 심사를 하였다. 그러나 나는 버스 좌석 아래에 숨어 혹시라도 누가 볼까 숨죽이고 있었다. 생각보단 간단했고 누구도 버스에 사람이 남아 있는지 검사하러 올라오지 않아서 다행이었다. 볼리비아에 어렵게 입국한 후, 하루 여행 일정을 포기하고 대사관으로 향했다. 여권을 재발급받고 기다리는 동안 로비에 있는 컴퓨터로 예약하기 어렵다는 칠레에 게스트하우스를 예약했다. 그리고 브라질 파라티 바닷가에 부티크 호텔도 예약했다. 핸드폰으로 몇 번을 시도 했지만, 불가능했는데 데이터가 잘 터지는 대사관 로비여서 가능한 일이었다. 내가 이곳에 온 이유가 처음부터 호텔 예약이었던 것처럼 신이 났고 절망 속에 희망을 찾은 듯 웃음이 나기 시작했다. 여행 내내 써야 하는 돈도, 공인인증서도, 신용카드까지 한 장 없는 거지 신세였지만 걱정을 접어두고, 경찰서로 가서 폴리스 리포트를 작성하고 나니 하루가 저물어 있었다. 그래도 다음 여행지의 원하던 숙소를 예약한 것만으로 걱정 대신 미소가 떠나지 않았다. 저녁 식사 시간이 돼서야 만난 친구에게 우리가 원하던 숙소를 예약했다고 알려주며 같이 손뼉을 치며 신나 했다. 상황이 바뀌지 않았지만 나는 웃고 있었고 스스로 행복함을 느끼는 방법을 터득하고 있었다. 남미 여행은 지금까지도 나의 인생 여행일 만큼 좋았지만, 그중 가장 값진 선물은 어떤 상황에서도 웃을 수 있는 유연함을 알려준 것이다. 그중 볼리비아 밀입국은 비자 암거래부터 어디에서도 하지 못할 진귀한 경험이다. 어렵게 볼리비아에 닿은 만큼, 그곳에서 만난 우유니는 내 인생 사막 중 잊을 수 없는 곳이 되었다. 시간이 지나면 아찔했던 어떤 경험도 다 추억이 되듯이 무수히 많은 여행의 기억 중 이상하게 힘들었던 에피소드는 평생 이야깃거리가 된다.

이선진

4. 다시, 떠난다면 그곳

　남미 여행을 다녀오고 나서 중미 여행을 꼭 해보리라 다짐했었다. 특히나 멕시칸 음식을 평소에도 좋아하는 나는 중미 여행에서의 식도락도 엄청나게 기대했다. 중미 여러 나라 중에서도 멕시코시티는 과달 루페 성모님으로 유명한 곳이다. 나의 성지순례 버킷리스트에 있는 곳이기도 하고 커피도 좋아하는 등등 중미로 떠날 이유는 백 가지도 넘는다.

　멕시코시티의 과달루페 대성당은 내가 사랑하는 성모님이 갈색 피부로 발현한 곳이다. 그곳에서 기도하며 보낼 시간이 설레었고 성지순례만으로도 한 달이 부족할 것 같았다. 또 존경하는 화가 프리다 칼로가 살았던 곳, 그리고 그녀의 박물관이 있는 곳으로 그녀가 살았던 집과 프리다 칼로의 작품들을 실제로 감상할 수 있다는 것만으로도 감정이 벅차오른다. 석사 논문을 쓸 때, 나의 논문 주제가 '여성미술과 페미니즘'이 관계된 내용이라 프리다 칼로에 대해 한참을 공부했다. 그녀의 기구한 인생과 작품세계로의 승화를 보면서 많이 울고 웃었다. 프리다 칼로는 "나는 너무 자주 혼자라, 나를 그린다"라는 말하며 자화상을 많이 그렸는데, 그녀는 평생을 육체적 정신적 고통을 감내해야 했던 감정을 그림 속에 녹아내렸다. 그러나 나의 시선 속 그녀의 그림의 색감은 우울하지 않다. 괴로운 그녀의 모습 뒤에 보이는 파란 하늘, 그리고 그녀가 입고 있는 옷의 색감은 멕시코의 화려함을 고스란히 느낄 수 있었다. 그림 속에서 느낀 절망 속 희망처럼 멕시코에 간다면 어렵고 힘든 시간 안에서도 꿈을 꿀 수 있을 거 같은 착각이 든다.

헤밍웨이가 살았던 쿠바는 또 어떠한가. 헤밍웨이가 자주 갔던 하바나의 카페. 엘플로리디타는 이미 관광객들에게 너무도 유명한 곳이다. 헤밍웨이는 그곳에 머물며 작품을 집필하기도 했고 모히토와 다이키리를 즐겨 마셨다고 한다. 나도 꼭 모히토 한잔 마시면서 〈노인과 바다〉를 읽어보고 싶다고 생각했는데, 상상만 해도 너무 멋진 일이다. 하바나의 뜨거운 햇살을 느끼며 해변을 산책하고 쿠바 특유의 살사 음악을 들으며 박자를 맞추고 있을 나를 상상하니, 이미 행복하다.

중미 여행에 가야 하는 여러 가지 이유 중 가장 중요한 것은 커피이다. 커피를 마시는 것이 나에게 큰 행복감과 여유를 준다. 평소에도 스트레스를 받거나 하면 모든 일을 내려놓고 커피 한잔을 즐기며 여유를 찾다가 다시 일에 집중해 본다. 나의 힐링 포인트 커피. 그래서 지난번 남미 여행에서도 배낭 하나가 가득할 만큼의 브라질 원두를 사서 돌아왔다. 내가 좋아하는 원두의 산지는 온통 중미에 모여 있다. 과테말라, 코스타리카, 콜롬비아 등 그곳에서 커피를 마시며 하늘을 보는 것만으로 나는 감사할 것이다. 특히 가장 기대되는 것은 코스타리카의 전통 방식으로 내려진 커피이다. 신비롭고 몽환적인 느낌이 가득한 타바콘 온천에서 온천하고 커피 한잔 마실 날이 빨리 오면 좋겠다.

남미 여행을 마무리했을 때, 긴 여행을 정열적으로 보내고 브라질에서 쌈바축제까지 신나게 즐기고 귀국하는 비행기에서 완전 기절 상태였다. 마지막 며칠간은 아무것도 하지 않고 조금 여유 있게 쉬엄쉬엄 지내다 왔으면 더 좋았을 거 같았다. 처음 여행을 계획했을 때, 마지막 일정은 마이애미 해변에 들려 쉬면 좋겠다는 얘기도 했었는데 그러지 못한 게 무척 아쉬웠다. 그래서 중미 여행의 마지막 여정은 칸쿤에서 휴양하며 마무리하면 좋겠다고 막연히 생각했다. 나는 전형적인 치열한 파이터 한국인으로 여행지에서도 도장 깨기 하듯 곳곳을 누빈다. 한국에선 산에 간 적 없던 내가 여행을 가면, 부지런히 산에 올라가기도 하고, 유네스코 지정 문화재라면 지나치지 못하고 들러 본다. 중미에서도 가고 싶은 곳이 많으니 여기저기 엄청나게 다니다 체력이 고갈될 것이다. 그때 카리브해가 펼쳐진 해변에서 아무것도 하지 않고 쉴 수 있는 권리를 만끽한다면, 최고의 여행이 될 것이다.

여행을 좋아하는 사람들은 여행하지 않는 모든 순간에도 여행을 위해 산다. 오래 여행하기 위해선 평소에 체력도 길러야 하고, 여행지

　　　　　　　　　　　　　　　　떠나보면 알지

정보도 수집해야 한다. 잠시 잊고 있던 중미 여행을 들여다보니, 운동해야겠다는 의지가 생긴다. 의사소통을 위해 언어 공부도 해야 한다는 것도 떠올랐다. 여행은 떠나서 새로운 장소가 주는 좋은 것도 많지만, 떠나기 전부터 삶의 원동력이 되어 주는 것이 틀림없다. 다시 에너자이저처럼 열정과 체력을 잔뜩 길어 중미로 조금 오랜 시간 떠나기를 꿈꾸고 있다.

5. 쿵짝 쿵짝 쿵짝 여행 삼박자

여행은 시간, 돈, 사람 삼박자가 잘 맞을 때, 떠나면 좋다. 여행을 떠날 수 있는 시간이 주어져야 하고, 당장 항공권을 살 돈이 있어야 하고 함께 해줄 사람이 필요하다. 여행 기간과 함께할 사람이 결정되었다면 예산에 대해 오픈하는 것이 좋다. 처음엔 몰랐는데, 오래 여행하다 보니 생긴 노하우다. 여행하다 보면 크고 작은 공금이 발생하기 마련이고 공유해야 할 금전적 요소가 많다. 사실 24시간을 함께 생활하기 때문에 숙소, 식사 등 같이 잠자고, 같이 먹는 비용 등 가장 크게 들어가는 여행경비가 비슷해야 좋기 때문이다.

남미 여행할 때, 55박의 숙박 중에 8인실 게스트하우스와 호텔을 선택하기까지, 우리는 서로 전체 예산이 정해져 있었기 때문에 조율이 쉬웠다. 비교적 치안이 좋았던 페루와 볼리비아는 게스트하우스 위주였고, 총기 사고가 잘 일어나는 브라질에서는 시내 한복판 호텔에 머물며, 다른 경비를 조금 아끼기로 했다. 그 와중에 대사관에서 예약한 칠레에 분위기가 좋고 가성비로 유명해 예약이 어렵다는 게스트하우스에 머물게 된 건 우리에게 행운이었다. 여행지에서의 동선도 여행 예산과 상관이 있다. 남미 여행을 갈 때 비행기 직항이 없으니 중간 경유지 여행을 계획했다. 밴쿠버를 경유해야 하니, 이왕 간 김에 휘슬러 스키장도 가고 벤프에서 오로라도 보기로 했다. 로키산맥 투어도 하고 열흘 정도 캐나다 일주 후 남미로 넘어가기로 했다. 하고 싶은 것을 하나둘 넣다 보니, 우리의 총예산 금액을 훨씬 웃돌았다. 결국 다음에 다시 오로라를 위한 여행을 하자며 계획을 수정했고 서로 생각하는 예산 내에서 의논하다 보니, 이심전심이었다. 우린 둘 다 오로라를 보고 싶었지만, 몇백만 원 더 쓰는 건 부담이었다. 비슷한 예산 내에서 움직였기에 충돌이 없었지만, 한 사람의 예산이 훨씬 많다면 여기서부터 생각의 차이가 생길 수 있다.

터키 여행에서도 친구는 40여 일을 여행하는 학생이었고, 나는 9일밖에 시간이 없는 직장인이었다. 나는 시간이 없었기에, 어쩌면 돈을 조금 더 주더라도 시간을 아낄 방법을 선택하고 싶었다. 야간 버스보다는 비행기를 타더라고 산토리니 섬에 빨리 들어가고 싶었고, 친구

떠나보면 알지

는 그렇게 조금씩 예산에서 벗어나는 변수들이 부담스러울 수 있었을 거란 생각하지 못했다. 나는 단기 여행이라, 환전을 미리 해왔기에 따로 은행에 갈 일은 없었다. 친구는 장기 여행이라 여행자수표를 가져왔는데 수수료가 저렴한 은행을 찾아 30분 이상 땡볕을 헤매기도 했다. 그 시간에 나는 하나라도 더 여행지를 보고 싶었고, 친구는 수수료를 아끼고 싶었던 맘이었을 것이다. 서로의 예산 차이에서 온 행동 차이였을 뿐이다.

계획을 잘 세운다고 해도, 여행은 변수투성이다. 아무리 공부를 많이 하고, 맛집 정보를 찾아도 여행은 여행지에서의 함께 하는 사람과의 궁합이 여행 퀄리티를 좌우한다고 해도 과언이 아니다. 서로의 배려도 중요하지만, 나의 시간과 돈 노력을 들여 하는 여행이라서 무조건적인 배려만 하다 보면 불만이 쌓일 수밖에 없다. 여행은 그 나라에서 경험해 보고 싶은 것(맛집, 액티비티, 쇼핑 등등)을 그 기간 내에 집약적으로 즐겨야 하므로 취미나 평소 관심사가 비슷하면 여행의 즐거움은 폭발한다. 시간을 얼마나 효율적으로 사용하고 어느 정도의 돈을 들여 함께 여행할 건지 대화하며 계획을 세우는 건 지금까지 여행을 해보면 중요한 일이란 생각이 든다. 사실 지금은 나이가 들어 돈을 더 많이 벌게 되면서 예산이 풍족해지고 크게 조율하지 않아도 되는 상황이지만 맘 맞는 사람과 시간이 맞아 삼박자를 맞춰 여행한다는 건 언제나 축복이다.

6. 새로운 여행, 기록의 시작

　무수한 기억 조각들을 꺼내어 하나씩 기록하다 보니, 나의 여행을 조금 더 기록해 보고 싶어졌다. 오래전에 갔던 여행을 새롭게 다녀온 듯 재충전도 된다. 새록새록 솟아나는 첫 터키 여행지에서의 좋았던 일도 추억해 보는 계기가 되었다. 이스탄불의 온 도시가 친절했던 그때 우리의 모습을 보니 참 어렸고, 참 예쁘다. 남미 여행에서 대사관에 가느라 못 들린 라파스의 달의 계곡에도 가보고 싶다. 언제 또 그렇게 긴 시간 떠날 수 있을까 생각해 보니, 그 시절의 내가 참 부럽기도 하다.

　처음 여행을 다닐 때부터 조금씩 SNS에 기록용 사진을 올릴 때도 여행 이야기를 써보고 싶다고 생각은 했는데 실행하기까지 너무 오랜 시간이 걸렸다. 터키 여행이 20년 전이니, 첫발을 내딛는 데 그토록 오래 걸린 것이다. 그래도 함께 하는 작가님들이 있고, 끌어주는 작가님도 있으니 혼자 생각만 할 때보다 수월하게 글을 쓰기 시작했다. 글을 쓰는 과정 자체도 즐거웠지만, 여행을 추억하는 것이 참 좋았다. 지금은 이름마저 바뀐 튀르키예에서 묵었던 숙소는 사라지고 없었고, 쿠스코에서 가방 대신 빵을 남겼던 맛집도 찾을 수가 없었다. 늘 일 속에 파묻혀 지내던 시간 속에 글을 쓰는 동안 또 다른 힐링을 경험하게 되고 나를 알게 되었다. 나의 여행에서 가장 중요한 건 사람이었고, 어디를 가는 것이 중요한 것이 아니라 누구와 함께하는 것이 중요한 내 마음을 돌아보는 계기가 되었다.

이번 프로젝트는 혼자는 어렵지만, 함께 하는 동행의 아름다움을 깨닫는 좋은 기회였다. 24년엔 함께 하는 여행 수필이었다면, 25년엔 나만의 이야기를 전자책으로 만들어 보겠다는 다짐도 해본다. 나는 계속 여행하며 꿈꾸며 또 기록하며 살아갈 것이다.

여기보다 더 나은 곳이어서 아니라,

행운 한 조각을 매일 발견할 수 있는 여유가 있어 좋은 것. 여행.

전원택

1. 중국 쑤저우와 하얼빈에서 만난 삶과 여행의 시간들
2. 헤이룽장성(黑龍江省) 하얼빈에서 아들과 함께한 두 번째 중국 생활
3. 10여 년 만에 다시 찾은 '동양의 베니스' 쑤저우와 변하지 않는 정원의 매력
4. 꼭 다시 가보고 싶은 곳, 중국 내몽고 사막에서의 트래킹과 캠핑
5. 한민족의 영산(靈山) 백두산의 천지(天地), 신비로운 푸른 눈을 마주하다
6. 글쓰기의 출발! 하얼빈의 생활을 계속 담다

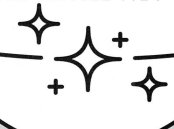

1. 중국 쑤저우와 하얼빈에서 만난
삶과 여행의 시간들

　기억은 흐릿해졌지만, 그곳에서의 생활은 순간의 장면들로 여전히 선명하다. 2005년, 나는 낯선 중국 땅에 첫발을 내디뎠다. 첫 외국 생활은 고요하고 고풍스러운 쑤저우에서 시작되었다. 세월이 흘러도 여전히 생생한 그 기억들. 2014년, 다시 한번 중국에 가게 됐다. 이번에는 북방의 이국적인 도시, 하얼빈에서 아들과 함께 두 번째 여정을 시작했다. 그 속에서의 일상과 경험, 모든 순간이 고작 몇 장의 사진으로만 남았다.

　사진들을 다시 펼쳐본다. 그때의 여행을 기록하지 못한 아쉬움이 있어, 이제는 글로 남겨두려 한다. 두 번의 중국 생활, 쑤저우와 하얼빈이라는 두 도시에서 내가 보고 느낀 것들, 그리고 잊고 있었던 소중한 시간을 다시 기억해 본다.

　2005년, 나는 중국 남방의 고풍스러운 도시 쑤저우에 처음 발을 내디뎠다. 이곳은 600여 년 전 마르코 폴로가 '하늘 아래 천당, 땅 위에는 쑤저우와 항저우'라고 극찬한 운하의 도시로, 그 명성이 여전히 이어져 오는 곳이다. 특히 쑤저우의 대표적인 정원들인 졸정원과 유원은 고요한 아름다움과 정교한 설계로 잘 알려져 있다. 정원들을 거닐며 마치 시간이 멈춘 듯한 평온함을 느꼈던 순간들은 아직도 내 마음속에 선명하게 남아있다.

10년 후, 나는 완전히 다른 중국을 마주하게 된다. 북방의 중심 도시인 하얼빈이다. 러시아의 흔적이 짙게 남아 있는 이곳은 북방 특유의 차가운 날씨와 이국적인 매력으로 나를 사로잡았다. 특히 성 소피아 성당의 붉은 벽돌과 푸른 돔, 그 위에 반짝이는 금빛 십자가는 마치 러시아의 한 도시에 와 있는 듯한 착각을 불러일으켰다.

하얼빈의 겨울은 아직 경험해 보지 못한 혹한의 날씨였다. 10월부터 기온이 급격히 떨어지기 시작하며, 12월이 되면 영하 30도 이상의 추위가 일상이 된다. 이러한 극한의 기후 속에서도 하얼빈 사람들은 강인함과 활기로 가득 찬 일상을 이어간다. 이 도시의 겨울은 특히 하얼빈 빙설제(氷雪祭)로 그 진가를 발휘한다. 세계 3대 겨울 축제 중 하나로 꼽히는 이 축제는, 얼음과 눈으로 만들어진 거대한 조각들이 형형색색의 조명 아래서 빛을 발한다. 마치 동화 속 겨울왕국을 연상시키는 환상적인 풍경을 자아낸다. 하얼빈 빙설제는 그 자체로 도시를 마법 같은 겨울의 나라로 변모시키며, 한겨울의 하얼빈을 찾는 이들에게 특별한 경험을 선사한다.

쑤저우와 하얼빈은 같은 중국이면서도 전혀 다른 세계였다. 쑤저우가 고요한 운하와 정원을 배경으로, 일상 속에서도 여유와 균형을 중

시하는 사람들이 사는 도시였다면, 하얼빈은 북방의 추위 속에서 강인하게 살아가는 사람들의 도시였다. 이 두 도시는 각기 다른 매력을 품고 있었고, 나에게는 깊은 성찰과 삶의 새로운 단면을 보여주었다.

두 번의 중국 생활은 나에게 두 세계를 경험할 소중한 기회였다. 남방의 정취를 품은 쑤저우, 북방의 강인함과 이국적인 매력이 공존하는 하얼빈. 이곳에서 시간은 나에게 중국을 더 깊이 이해하고 다양한 문화를 받아들이게 해준 소중한 기억으로 남았다.

2. 헤이룽장성(黑龍江省) 하얼빈에서 아들과 함께한 두 번째 중국 생활

2014년 4월, 다시 시작된 중국 생활은 가족 전체가 아닌 중학교를 갓 졸업한 아들과 함께하는 중요한 결정을 내리게 되었다. 고등학교 시절은 대학 입시와 진로를 결정짓는 중요한 시기였다. '안정된 한국 교육 시스템에 맡길 것인가?' 아니면 '더 넓은 세상에서 도전할 기회를 줄 것인가?' 많은 고민 끝에 나는 더 넓은 세상에서 아들이 성장할 기회를 주기로 했다.

하얼빈으로 향하는 길은 단순한 이사가 아닌 새로운 삶의 도전이었다. 그 길은 먼 북쪽, 매서운 추위 속에서도 이국적인 매력을 품고 있는 도시, 하얼빈으로 이어졌다. 아들이 그곳에서 새로운 가능성을 발견하길 바라는 마음이었고, 나대로 중국에서의 경력을 이어갔다.

하얼빈으로 이사하는 과정은 생각보다 복잡하고 준비해야 하는 일도 많았다. 일반적인 국내 이사와는 차원이 달랐다. 아들과 함께 거주할 아파트를 알아보는 일부터 다닐 학교를 찾아야 하는 일까지, 모든 선택을 허투루 할 수 없었다. 다행히 하얼빈 한국상회와 하사모(하얼빈을 사랑하는 한국인의 모임)의 도움 덕분에 우리는 비교적 빠르게 적응할 수 있었다. 이 과정에서 나는 하사모와 한국상회 활동에 적극적으로 참여했다. 이후 민주평화통일자문회의 자문위원으로서 하얼빈의 교민사회에서 봉사하는 역할을 맡게 되었다.

이사 후, 아들의 학업과 새로운 생활이 차근차근 진행되었다. 우리는 중국 로컬 고등학교와 국제학교를 방문하며 수업과 교육 환경을 확인했고, 출국 전에 지원했던 중국 정부의 어학 장학생 프로그램 선정도 점검했다. 아들은 6개월간의 어학연수를 통해 중국어 실력을 쌓고, 현지 고등학교에 입학할 계획이었다. 이 모든 과정이 새로운 도전이었고, 설렘과 불안이 교차했다. '이 선택이 정말 옳은가?'라는 의문이 계속 떠올랐지만, 더 큰 세상을 향해 나아가는 길이라는 확신이 그 질문을 잠재웠다.

시간이 흐르면서, 아들은 새로운 환경에 빠르게 적응했다. 어학연수 동안 중국어 실력을 차근차근 쌓았고, 현지 친구들과도 자연스럽게 어울리기 시작했다. 고등학교에 입학한 후에는 자신만의 자리를 찾아가며 점점 더 독립적이고 성숙한 모습으로 성장해 나갔다.

'이 선택이 아들에게 최선이었을까?'라는 의문이 완전히 사라지지 않았다. 그러나 하얼빈에서의 새로운 도전은 큰 자산이 될 것이라는 확신이 들었다. 하얼빈에서의 생활은 우리 가족에게 도전과 성장을 선사했으며, 앞으로의 여정에도 큰 밑거름이 되었다.

3. 10여 년 만에 다시 찾은 '동양의 베니스' 쑤저우와 변하지 않는 정원의 매력

마치 시간이 멈춘 듯한 쑤저우는 10년이라는 세월이 흘렀지만, 고유의 매력적인 모습으로 나를 반겼다. 이 도시는 여전히 익숙한 동시에 새로운 감정을 불러일으켰다. 하얼빈에서의 새로운 생활에 적응하며 나와 아들은 적잖은 도전과 마주했지만, 쑤저우는 오랜 기억을 떠올리게 하며 나를 과거로 이끌었다. 쑤저우의 중국 친구들의 초대로 다시 찾은 이곳은, 도시의 급격한 변화에도 불구하고 변하지 않은 정원들의 고요함으로 나를 감싸주었다.

상하이 푸둥 공항에 내리자마자 익숙한 공기와 함께 낯선 풍경들이 나를 맞이했다. 도시의 불빛과 소음이 과거와 현재를 오가며 나의 오감을 자극했다. 그때 문득 10년 전의 쑤저우. 졸정원(拙政园)의 고풍스러운 연못과 유원(留园)의 회랑을 거닐던 그 평온한 기억이 다시 떠올랐다. 그때도 그랬듯, 이번에도 나는 그 길을 걸으며 과거의 시간을 거슬러 올라가기를 기대했다.

쑤저우는 중국에서 정원 문화가 가장 발달한 도시로, 특히 명나라와 청나라 시기에 조성된 수천 개의 정원은 그 시대의 아름다움을 그대로 간직하고 있다. 졸정원과 유원은 그중에서도 가장 아름다운 정원으로 꼽히며, 정교한 건축물과 인공 산, 물이 어우러져 만들어 낸 풍경은 시간이 멈춘 듯한 평화로움을 선사한다.

중국 4대 정원 중 하나인 졸정원은 동원과 중원, 서원으로 나뉘어 각각 독특한 매력을 지니고 있다. 중원은 자연 속 작은 마을처럼 아늑한 분위기를 자아낸다. 이끼가 낀 돌담을 따라 졸졸 흐르는 개울 소리를 들으면, 마치 자연의 일부가 된 듯한 기분이 든다. 그중 북사탑의 차경(借景)이 가장 인상 깊었다. 멀리 떨어진 북사탑이 정원 안에 있는 것처럼 보이도록 설계된 기법은 이 정원이 얼마나 섬세하게 설계되었는지를 잘 보여준다.

졸정원에서의 시간을 뒤로 하고, 나는 유원으로 발길을 옮겼다. 기묘한 바위 경관과 고요한 연못이 조화를 이루는 유원은 또 다른 고전 정원의 매력을 지니고 있다. 햇살이 비치는 회랑을 따라 걷다 보면, 창 너머로 펼쳐지는 풍경은 마치 화려한 동양화의 한 장면이 떠오른다. 유원의 길을 걷는 동안, 나는 영화 속에 있는 것 같았다.

쑤저우의 정원은 시간이 지나도 변하지 않는 평화로움과 아름다움을 간직하고 있다. 10년이 흘러 다시 찾은 쑤저우에서, 과거와 현재가 교차하는 순간을 경험했다. 이 도시는 앞으로도 내게 영감을 주는 공간으로 남을 것이다.

4. 꼭 다시 가보고 싶은 곳,
중국 내몽고 사막에서의 트래킹과 캠핑

새벽 5시 30분, 하얼빈의 차가운 공기 속에서 우리는 내몽고 사막을 향한 긴 여정을 시작했다. 어둠이 여전히 짙게 드리운 가운데, 두 대의 대형 버스에 나를 포함하여 60여 명의 여행자가 탑승했고, 나는 유일한 외국인이었다. 이국적인 풍경 속에서 중국인 여행자들과 함께 떠나는 여행은 설렘과 기대감을 안겨주었다. 창밖으로 스쳐 가는 어둠

떠나보면 알지

속 풍경을 보며 곧 펼쳐질 모험에 대한 긴장감이 서서히 고조되었다.

　그러나 10여 시간에 이르는 버스 여행은 훨씬 지루하고 힘들었다. 좁은 공간에서 오랫동안 앉아 있다보니 허리가 뻐근하고, 몸은 쉽게 지쳐갔다. 그런데 중국인 여행자들은 끊임없이 대화하고 음식을 나눠 먹으며 즐겁게 보냈다. 점심이 되자 각자 준비해 온 것을 꺼냈다. 그들이 준비한 음식은 작은 잔치를 연상케 할 만큼 풍성하고 다채로웠다. 고기, 햄, 채소로 가득한 음식들이 펼쳐지고, 나는 익숙한 김밥을 꺼내어 그들과 나누며 또 다른 여행의 즐거움을 경험하게 되었다. 한국에서 이동 중에는 주로 간단한 김밥이나 샌드위치로 식사를 해결하는 경우가 많지만, 그들은 풍성한 한 상 같은 음식을 준비했다. 이러한 작은 차이가 앞으로의 중국 생활을 다채롭고 흥미롭게 만들어 줄 것이라는 기대감이 들었다.

　저녁 무렵, 우리는 내몽고 나만기(奈曼旗) 지역의 한 호텔에 도착했다. 긴 하루의 피로가 몰려와 모두 간단히 저녁을 먹고 일찍 잠자리에 들었다. 낯선 땅에서 같은 하늘 아래, 비슷한 설렘을 느끼며 서둘러 잠을 청했다.

　다음 날 새벽 5시, 아직 어둠이 걷히지 않은 고요한 시간에 일어나 사막 트래킹을 준비했다. 목적지는 쿠토구차(库图古査)로, 약 10km에 이르는 사막 트래킹 코스이다. 사막을 걷는다는 생각만으로도 가슴이 두근거렸다. 이른 아침의 시원한 바람은 새로운 모험에 대한 설렘을 더해주었다. 태양이 떠오르면서 사막의 모래는 빠르게 달궈졌고, 걷는 것이 상상 이상으로 고통스러워졌다.

모래 위를 걷는 일은 생각보다 힘들었다. 발이 모래 속으로 자꾸만 빠져들면서 한 발 한 발이 무거웠다. 끝이 보이지 않는 모래 언덕을 오를 때마다 온몸의 근육들이 비명을 질렀고, 숨이 가빠지며 공기가 희박해진 듯한 느낌이 들었다. 땀은 목덜미를 타고 끊임없이 흘러내리고, 한 발을 내딛기도 힘들었다. 때로는 이 길이 끝나지 않을 것 같은 절망감이 엄습했지만, 그 순간에도 멈출 수는 없었다. 멈추면 그대로 모래에 파묻힐 것만 같은 사막의 장엄함이 나를 일으켜 세웠다. 눈앞에 펼쳐진 광활한 사막의 풍경은 자연이 빚어낸 거대한 예술 작품처럼 느껴졌다.

몇 시간의 고된 걸음 끝에 드디어 야영지에 도착했다. 온몸이 지쳐 텐트를 설치하는 것조차 고역이었다. 간단한 즉석밥과 통조림을 꺼내어 저녁을 준비하는 내 손은 떨리고 있었다. 그들이 차려낸 작은 잔치와 같은 식사에 나는 다시 한번 압도당했다. 그들과 함께 나눈 저녁 식사는 육체적인 피로를 잊게 해주었고, 서로 다른 문화를 공유하며 가까워지며 이해하고 받아들이는 소중한 시간이 되었다.

식사를 마치고 해가 지자, 사막은 순식간에 깊은 고요 속으로 빠져들었다. 사방이 정적에 잠기고 하늘에는 수많은 별이 쏟아져 내리고 있었다. 이 장면은 도시에서 잊고 지냈던 자연의 경이로움을 다시금 일깨워 주었다. 별빛 아래서 나눈 한 잔의 술은 여행을 더욱 특별하게 만들어 주었다. 시간이 흐르며 텐트의 전등이 하나둘 꺼졌고, 우리는 사막의 고요 속에 하나 되듯 서서히 녹아들었다.

내몽고의 밤, 다시 가보고 싶은 그곳. 이 여행은 단순한 여행이 아니었다. 우리는 서로 다른 문화를 이해하고, 새로운 경험을 나누며 진정한 여행의 의미를 찾았다. 사막의 뜨거운 태양과 차가운 밤공기, 그곳에서 나눈 대화와 웃음은 내 마음속에 오래도록 남을 소중한 기억으로 자리했다. 언젠가 기회가 된다면, 다시 내몽고 사막을 찾아 모래 위에 몸을 맡기고 별이 쏟아지는 그 밤을 또 한 번 만나고 싶다.

5. 한민족의 영산(靈山) 백두산의 천지(天地), 신비로운 푸른 눈을 마주하다

하얼빈에서 출발한 기차는 밤새 어둠 속을 달리며 백두산으로 향했다. 침대 기차의 흔들림 속에서 간간이 불편한 잠을 청했지만, 새벽 5시가 되어 안투(安圖)역에 도착하면서 본격적인 백두산 여정이 시작되었다. 날이 밝아오자, 나는 예약해 둔 택시를 타고 백두산 입구로 이동했다. 창밖으로 보이는 풍경은 점점 더 장엄해졌고, 백두산 정상에서 마주할 천지의 모습을 상상하며 머릿속을 가득 채웠다.

이번 여행에서는 상대적으로 힘든 서파 코스를 선택했다. 1,400여 개의 계단을 오르는 이 코스는 천지의 장관을 가장 온전히 감상할 수 있는 경로로 유명하다. 구불구불한 산길을 오르며 셔틀버스는 백두산의 변화무쌍한 기후를 그대로 보여주었다. 짙은 구름이 산을 덮고 있어서 천지를 못볼까봐 불안감이 들었지만, 정상에 도착하자 기

적처럼 구름이 걷히고 푸른 하늘이 드러났다. 마침내 눈앞에 펼쳐진 천지의 푸른 눈은 자연이 주는 최고의 선물이었다.

해발 2,200m의 거대한 화산 분화구 안에 자리한 천지는 경이로움 그 자체였다. 맑고 투명한 호수는 주변의 거대한 봉우리들과 어우러져 장엄한 풍경을 만들어 냈다. 마치 하늘에 떠 있는 바다를 마주한 듯한 경외감이 가득 차올랐고, 백두산이 왜 우리 민족에게 영산(靈山)이라 불리는지 실감할 수 있었다. 나는 이곳에서 대자연의 위대함을 온몸으로 느끼고 경험했다.

백두산 등반을 고려한다면, 나는 서파 코스를 강력히 추천한다. 북파 코스는 천지 입구까지 셔틀버스를 타고 이동하는 방식이다. 등산의 참맛을 느끼기는 어렵지만, 마치 둘레길을 산책하는 기분이 들었기 때문이다.

하산길에서는 장백폭포도 꼭 들러 보길 권한다. 백두산의 또 다른 상징인 이 폭포는 수직으로 떨어지는 거대한 물줄기로 웅장함을 자아낸다. 그 강렬한 소리와 함께 쏟아지는 물을 바라보니, 마음속에 쌓였던 피로가 한순간에 씻겨 내려가는 듯했다. 장백폭포 앞에 서니, 자연 앞에서 인간이 얼마나 작은 존재인지를 다시금 깨닫게 되었다.

　하산 후에는 연길에서의 하룻밤도 특별한 경험이 될 수 있다. 연변 조선족 자치주의 중심 도시인 연길은 조선어와 중국어가 혼용된 간판들이 곳곳에 있어 독특한 풍경을 자아낸다. 이곳에서는 한국어로도 소통할 수 있어 언어의 장벽 없이 편안한 여행을 즐길 수 있다. 특히 연길에서 맛본 조선족 음식들은 백두산 여행의 피로를 완벽하게 풀어주기 충분했다.

　이번 백두산 여행은 단순한 자연 탐방을 넘어섰다. 우리 민족의 역사를 되새기며, 자연의 위대함을 깨달을 수 있는 소중한 시간이 되었다. 신비로운 천지의 푸른 눈과 장백폭포의 거대한 물줄기는 오래도록 내 마음속에 남아있을 것이다.

　　　　　　　　　　　　　　　　　　　　　　　　떠나보면 알지

6. 글쓰기의 출발! 하얼빈의 생활을 계속 담다

여행 에세이를 드디어 퇴고하게 되었다. 처음 이 글을 시작할 때는 과연 끝까지 해낼 수 있을지 확신이 없었다. 중간에 포기할지도 모른다는 불안감을 안고 시작했지만, 최서연 작가의 리더십과 동료 작가들의 따뜻한 격려가 큰 힘이 되었다. 덕분에 이 글을 마무리할 수 있었고, 이제 이 기쁨을 함께 나누고자 한다.

특히, 하얼빈에서 함께 생활했던 아들에게 이 글을 자신 있게 보여줄 수 있다는 생각에 기쁘다. 이제 성인이 된 아들과 그 시절의 이야기를 글로 나눌 수 있다는 것은 내게 큰 의미로 다가온다.

이번 공저는 글쓰기 여정의 중요한 출발점이다. 2014년부터 2017년까지의 하얼빈 생활과 그곳에서의 경험을 계속 기록해 나갈 생각이다. 이번 글에 미처 담지 못했던 안중근 의사의 하얼빈 의거 기념 사업, 민주평화통일자문회의 활동, 한국 유학생들과 함께한 고조선과 고구려 역사 탐방, 그리고 내몽고 초원 여행 등 아직 남아 있는 이야기들이 많다. 또한, 기회가 된다면 쑤저우를 다시 찾아 2005년의 추억을 되살리고 기록으로 남기고 싶다. 이번 작업을 통해 나의 기억과 경험을 세상에 전할 기회를 얻게 되어 감사하다.

이 글이 끝이 아닌, 더 많은 이야기를 세상에 전할 시작점이 되기를 기대하며, 앞으로의 여정을 새롭게 준비해 나가고 싶다.

여백의 시간 속에서,

행선지 없는 길을 걷는다.

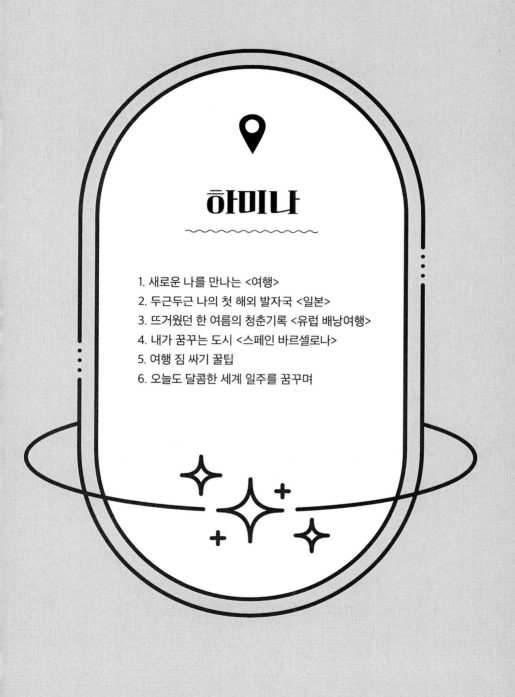

하미나

1. 새로운 나를 만나는 <여행>

여행은 집을 나서는 순간부터 새로운 나를 만나게 해준다. 일상에서는 현실적이고 이성적인 사람이지만 여행이 시작되면 직관적이고 감정이 풍부한 사람으로 바뀌는 신기한 경험을 하게 된다. 여행하면서 나도 몰랐던 새로운 생각과 모습을 만나게 되는 것이 즐겁다. 그래서 늘 여행을 동경하고 기대하게 된다. 많은 사람이 '여행하고 난 후 남는 것은 사진'이라고 말한다. 하지만 여행 사진은 그 순간의 모습만 남아있을 뿐, 내 느낌이나 생각을 기억하는 것은 쉽지 않다.

40대인 지금도 최근 일이 잘 기억나지 않을 때가 있는데 하물며 나이가 더 들면 행복했던 여행의 순간들이 점점 기억 속에서 사라질 수도 있다. '내가 경험했던 새로운 세상을 글로 남겨보면 어떨까?'라는 생각이 들어 여행 에세이를 시작하게 되었다. 사람은 힘들고 지칠 때 행복했던 순간들을 떠올리면 힘든 시간을 이겨낼 수 있는 에너지가 생긴다고 한다. 나 역시 행복했던 여행의 순간들을 떠올리면 마음이 따뜻하고 평화로워지는 것을 느낀다.

오랫동안 간직하고 다시 보고 싶을 때 꺼내볼 수 있는 나만의 멋진 여행기가 있다면 삶이 더 아름답게 채워질 것이다. 이러한 소중한 경험을 다른 사람들과 나눌 수 있다는 것도 의미 있는 일이다. 나는 여행 영상을 만들어서 다른 사람들에게 즐거움을 줄 수 있는 여행 유튜버가 될 자신은 없다. 하지만 글을 통해 다른 누군가에게 여행에 대한 기대와 설렘을 전하는 일은 할 수 있을 것 같다. 만약 나의 에세이를 읽고 여행을 시작하는 설렘과 용기가 생겼다는 분들이 있다면 더할 나위 없이 행복하고 보람 있는 일이 될 것이다.

2. 두근두근 나의 첫 해외 발자국 <일본>

나에게는 두 살 터울의 여동생이 있다. 우리 집은 아버지, 어머니가 모두 일하시는 맞벌이 가정이어서 어렸을 때부터 여동생과 둘이 지내는 시간이 많았다. 여동생은 내가 보호해야 하는 존재이자, 절친한 친구이기도 했다.

성인이 되기 전까지는 늘 부모님과 함께 다니는 여행만 다녔다. 부모님이 동행하지 않는 여행은 상상도 하지 못했던 시절이다. 대학생이 되고 주변의 친구들이 방학 동안 배낭여행을 떠나는 것을 보게 되었다. 아르바이트를 해서 스스로 여행경비를 마련하는 모습이 멋있었다. 무엇보다 해외로 나가는 그들의 용기가 가장 부러웠다.

부모님과 동행하지 않고 해외로 나가고 싶은 마음이 컸지만, 두려운 마음도 공존했다. 생각해 보니 가까이에 언제든지 함께 할 수 있는 여행 동반자 여동생이 있었다. 고민할 것도 없이 바로 실행하기로 했다. 여기에 여행 욕구를 더 자극했던 것은 바로 2002년 월드컵이었다.

　한일 월드컵 시즌이 다가오자, 전 세계에서 축구 팬들이 몰려왔고 TV에서는 월드컵 참가국들에 대한 방송이 많았다. 두 국가가 공동 개최를 하는 첫 월드컵이어서 특히 일본과 관련된 방송을 자주 볼 수 있었다. 개막일이 다가올수록 전국이 월드컵 열기로 뜨거웠고 나 역시 설렘과 기대가 커졌다.

　내가 유독 2002년 한일 월드컵이 반가웠던 이유는 일본어를 배웠기 때문이다. 일본 만화에 대해 관심이 많아서, 고등학생 때 제2외국어로 일본어를 선택했었다. 대학생이 되어서는 일본 문화에 관심이 깊어져 일본어를 계속 공부했다. 취업에는 영어가 필수인데 문득 '나는 왜 일본어를 배우고 있나?'라는 생각이 들 때도 있었다. 하지만 공부하는 것이 즐거워서 손을 놓을 수 없었다.

　일본어를 공부하다가 갑자기 일본 여행을 떠나고 싶어서, 여동생에게 같이 여행을 가자고 했다. 여동생도 일본 만화를 좋아했기 때문에 흔쾌히 같이 가기로 했다. 2002년 한일 월드컵에서 우리나라가 월드컵 4강이라는 신화를 쓰며 온 나라가 축제 분위기였다. 나의 자신감

떠나보면 알지

도 하늘을 찌르는 것 같았다. 우리 둘은 들뜬 마음으로 신나게 일본 여행을 준비했다.

대학생이 되면서 늘 방학 시즌이면 중, 고등학생 과외를 하면서 용돈을 벌었다. 지금 생각하면 그리 큰돈이 아니었지만 조금씩 모아가는 재미가 있어서 소중하게 모았다. 이 돈을 부모님 도움 없이 일본 여행경비로 쓰게 되었다. 일본은 가장 가까운 외국이라서 부담이 덜되어 첫 해외 여행지로 딱 좋았다. 더군다나 '나는 일본어도 할 줄 아는데 한번 현지에서 써봐야지 않을까?'라는 들뜬 마음으로 여동생과 함께 여행 준비를 시작했다. 여행 자체보다 여행 준비 과정이 나의 마음을 둥둥 들뜨게 했다.

부모님 없이 자매끼리 가본 여행은 처음이었다. 우리나라 지방에도 둘이 가본 적이 없는데 더군다나 해외를 나가다니! 이것은 우리에게 큰 도전이었다. 여행사의 도움 없이 우리끼리 여행계획을 세우고 항공권을 구매해서 자유여행으로 갔다. 우리 스스로 할 수 있다는 것이 신기하고 대견스러웠다. 도쿄 나리타 공항에 첫발을 내딛던 순간이 잊혀 지지 않는다. 처음 밟아보는 외국의 땅! 공기 냄새부터 서울과 달랐다. 단지 나의 느낌인 것인지 진짜 다른 것인지 진실은 알 수 없다.

공항에서 버스를 타고 도쿄 시내를 가는데 창밖의 풍경을 보니 낯

섦과 편안함이 동시에 느껴졌다. 빌딩 숲, 자동차, 사람들을 보니 서울 어딘가를 다니고 있는 것 같은 느낌이 들었다. 불과 4시간 만에 내가 외국에 있다니 신기한 경험이었다. 이런 느낌이 좋아서 다들 해외여행을 가는가 보다.

일본 여행을 결정했을 때 여행 1순위 도시는 도쿄였다. 외국인들은 한국의 서울은 잘 모르지만, 일본의 도쿄는 많이 안다. 그만큼 도쿄는 국제적인 도시이고 규모가 크다. 얼마나 대단한 도시이길래 아시아를 대표하는 도시 중 하나인지 궁금하기도 하고 솔직히 시샘도 들었다. 도쿄에 다녀보니 대중교통 문화가 서울보다 앞선다는 것을 느꼈다.

첫 번째는 지하철에 있는 스크린 도어였다. 당시 서울은 철도 플랫폼이 무방비 상태였기 때문에 가끔 추락사고도 있었다. 일본처럼 스크린 도어가 있다면 안전하겠다는 생각이 들었다. 그리고 몇 년 뒤에 드디어 서울 지하철에도 스크린 도어가 설치되어 반가웠다. 두 번째는 문이 자동으로 열리는 택시였다. 자동으로 열리는지도 모르고 잡아당겼다가 당황스러웠다. 정말 상상도 못 했던 장면이었다. 손님 입장에서는 자동문이 편하고 좋다. 한국에도 택시 문이 자동으로 열리는 서비스가 보편화되면 좋을 것 같다.

일본 여행에서 놀라웠던 점은 외국이면서도, 외국답지 않은 편안함이었다. 해외여행을 가면 문화가 다른 음식을 먹는 일이 가장 힘들다. 하지만 일식은 한국 음식과 비슷한 재료와 조리법을 쓰기 때문에 고된 여행은 아니었다. 조금 색다른 맛을 느끼는 정도의 난이도여서 식도락 같은 여행을 할 수 있었다. 도시 곳곳에 있던 편의점에서도 깜짝 놀랐다. 우리나라의 편의점 분위기와 비슷했고, 진열된 제품도 생소하지 않았다. 글씨만 다르게 느껴질 뿐 서울 어느 편의점에 와 있는 기분이었다. 서울과 비슷한 도쿄의 모습과 분위기가 편하기도 했지만 어쩐지 모방한 것 같은 느낌이 들어 썩 기분이 좋지는 않았다.

도쿄 시내를 여행하고 난 뒤에는 시내에서 조금 떨어진 디즈니랜드에 갔다. 많은 사람이 어릴 때부터 디즈니 만화를 봤기 때문에 남녀노소에게 친숙하다. 디즈니랜드에 갔을 때도 이런 편안함이 잠시 외국이라는 생각을 잊게 했다. 어린 시절 즐겨 보던 많은 캐릭터는 내가 생각한 이상의 힘이 있었다. 보는 순간 그 시절로 시간여행을 하는 것 같았다. 다 큰 성인이 놀이공원 가서 뭐 하나 하는 생각에 처음에는 갈까 말까 망설였는데, 안 갔다면 두고두고 후회했을 것이다. 우리나라의 놀이공원에서 느낄 수 없는 새로운 경험이었다.

여동생과 함께한 3박 4일의 짧은 일정이었지만, 비행시간이 짧고 시차가 없는 일본으로 가서 여행 시간을 알차게 쓸 수 있었다. 이 점이 근거리 해외여행의 큰 장점이다. 그리고 여동생도 나처럼 일본에 대한 관심이 많아서 더 공감할 수 있는 여행이었다. 성인이 되고 이렇게 오래 붙어있던 적이 없었는데 서로 많은 대화를 나눌 수 있어서 좋았다. 오래전 이원복 교수님의 <먼 나라 이웃 나라>라는 학습만화를 통해 일본에 대해 처음 알게 되었는데 이웃 나라라는 표현이 딱 맞는 곳이었다. 외국이지만 이웃 같은 나라, 일본은 나의 첫 해외 여행지로 완벽했던 곳이었다.

3. 뜨거웠던 한 여름의 청춘 기록 <유럽 배낭여행>

일본으로 첫 해외 배낭여행을 무사히 마치고 나니 용기가 마구 솟아났다. 뭐든지 다 할 수 있을 것만 같았다. 이제 대학교 4학년이기 때문에 이번 여름방학이 아니면 배낭여행은 꿈도 꾸지 못한다는 것을 알았다. 내 인생에서 학생 신분의 마지막 방학이라고 생각하니 이대로 시간을 흘려보낼 수 없었다. 이번에도 나의 여행 메이트, 여동생에게 유럽 배낭여행을 제안했다. 당시에 유럽 배낭여행이 붐이어서 많은 대학생의 로망이었다. 여동생도 나와 뜻이 맞아서 4학년 봄부터 유럽 배낭여행을 준비하게 되었다.

바로 광화문의 교보문고에 가서 유럽 여행 가이드북을 사서 공부하기 시작했다. 배낭여행 카페에 가입하고 회원들의 생생한 경험담을 읽으면서 자료를 수집했다. 당시에는 유튜브나 SNS가 활발하지 않았을 때여서 여행 정보를 얻는 방법이 다양하지 않았다. 인터넷 공간에서 정보를 얻는다는 그 자체가 그저 신기했다. 지금은 생생한 현지 모습을 다양한 유튜브 영상으로 볼 수 있으니, 여행을 안 가도 대리 만족할 수 있는 편리한 세상이다.

여행 정보는 충분히 수집했다. 이제 여행경비를 어떻게 마련하느냐가 문제였다. 대학교에 다니면서 모아뒀던 용돈은 지난 일본 배낭여행 갈 때 거의 다 쓴 상황이었다. 그렇다고 대학 등록금을 부담하시는 부모님께 여행경비까지 마련해 달라고 말하기에는 너무 죄송했다. 다행스럽게도 그 해에 정부에서 이공계 대학생들에게 학자금 무이자 대출을 해주는 제도가 생겼다.

우리 자매는 모두 이공계열을 전공하고 있는 대학생이어서 이 혜택을 받을 수 있었다. 그래서 부모님께서 미리 마련하신 등록금은 여행경비로 쓰겠다고 말씀드렸다. 실제 등록금은 무이자 대출로 받고 납부한 후 나중에 취업한 후 우리가 대출 상환을 하기로 했다. 부모님은 자매가 여행사 없이 배낭여행을 간다는 사실에 매우 놀라고 걱정했지만 결국 허락해 주셨다. 지금 내가 자녀들을 키우는 나이가 되어보니 내 아이가 대학생이 되어 유럽 배낭여행을 가겠다고 하면 망설이게 될 것 같다. 부모님이 우리를 보내고 얼마나 걱정했을지 이제야 알겠다. 그만큼 우리를 믿어주신 부모님께 감사한 마음이 크다.

　가보고 싶은 유럽 나라들이 많았지만 한 달이라는 시간 동안 한계가 있었다. 추리고 추려서 10개국을 정했다. 영국, 프랑스, 벨기에, 이탈리아, 바티칸, 독일, 체코, 오스트리아, 네덜란드, 스위스에 가기로 했다. 10개국을 가기에 한 달은 짧은 시간이었다. 돈은 없지만 체력은 남아도는 20대 청춘이었기에 가능한 일정이었다. 대학교를 졸업하면 장기간으로 유럽 여행을 가는 것이 쉽지 않다는 것을 알기에 이 시간만큼은 후회 없이 채워서 가고 싶었다. 촘촘한 일정과 변변치 않았던 식사와 숙소를 생각하면 그동안 누구도 아프지 않고 완주했다는 것이 그저 신기할 뿐이다.

　모든 일정이 다 만족스러웠지만 배낭여행 중에 특히 좋았던 3개국을 이야기하고 싶다. 첫 번째는 프랑스다. 프랑스는 유럽 하면 떠오르는 대표적인 나라여서 많은 사람의 로망인 곳이다. 올해 있었던 파리 올림픽 개막식을 보니 배낭여행 다니면서 봤던 장면들이 생각나서 마음이 훈훈했다. 벌써 20년도 넘었지만, 어제처럼 생생하다. 그래서 사람들은 추억을 먹고 산다고 말하나 보다.

　낭만적인 센강에서 바라봤던 에펠탑의 라이트 쇼는 감동 그 자체였다. 책에서만 보던 예술 작품을 직접 눈으로 볼 수 있었던 루브르 박물관은 마치 다른 세계에 순간 이동해 온 것 같은 기분이 들었다. 가장 인기 작품인 레오나르도 다빈치의 〈모나리자〉를 봤던 순간이 기억에 남는다. 작품 자체도 신비로웠지만 수많은 사람이 오로지 한 작품을 응시하고 집중하던 분위기가 잊혀 지지 않는다. 파리는 도시 자체가 예술 작품이라고 하는데 정말 맞는 말이다. 지금도 TV에서 파리의 장면이 나오면 시선을 멈추고 보게 된다.

두 번째 인상적인 곳은 바티칸이다. 나의 종교는 천주교 이어서 이곳은 매우 뜻깊은 곳이다. 내가 성 베드로 성당에 직접 와보다니 믿기지 않았다. 특히 성당 천장 벽화인 미켈란젤로의 작품은 입이 다물어지지 않았다. 그 옛날 사람의 힘으로 수십 년 동안 천장에 이렇게 완벽한 그림을 그릴 수 있다니 경이로웠다. 그의 또 다른 작품 '피에타'도 봤다. 성모 마리아가 십자가에서 내려온 예수를 무릎에 안고 있는 모습을 조각한 작품이다. 어떻게 인간의 손으로 섬세하게 조각해서 깊은 모성애를 표현할 수 있는지 감동스러워 눈물이 흘렀다. 천주교 신자인 나에게는 바티칸에 있었던 모든 시공간이 소중했다.

마지막으로 인상적인 곳은 체코의 프라하이다. 우리에게 동유럽은 다른 유럽 국가들보다 마음의 거리가 있어서 신비롭게 느껴진다. 개인적인 생각이지만 이곳 사람들도 더 순수하고 때 묻지 않은 느낌이랄까. 물가도 다른 유럽 국가들보다 저렴해서 마음마저 편안했던 곳이다. 프라하에서 가장 기억에 남는 순간은 카를교의 저녁 풍경이었다. 해 질 무렵부터 예술가들이 모여 공연하고 그림을 그리고 춤을 추는 모습이 아름답게 느껴졌다.

멀리 보이는 프라하성도 신비롭고 비현실적으로 아름다웠다. 만약 나도 예술적으로 무언가를 표현할 수 있는 재주가 있었다면 자유롭게 그들과 어울렸을 것 같다. 그림 같은 카를교와 프라하성, 예술가들, 구경하는 사람들이 어우러진 모습이 아름다워서 그 순간의 장면은 한 장의 사진처럼 눈을 감으면 생생하게 떠오른다.

유럽 배낭여행에서 잊지 못할 추억이 수없이 많아서 세 가지만 고르기가 무척 어려웠다. 여행을 통해서 세상은 정말 넓고 다양한 사람들 그리고 여러 행복의 순간이 있다는 것을 느낄 수 있었다. 벌써 20년도 지난 이야기지만 지금도 크게 변하지 않는 모습을 가지고 있다는 것이 유럽의 매력이다. 내가 지나갔던 자리를 TV나 인터넷을 통해 보면 그 순간 추억 속으로 빠져든다. 나는 인생의 힘든 순간들이 찾아올 때 행복했던 순간을 떠올리며 극복한다. 여동생과 함께했던 유럽 배낭여행은 나에게 긍정의 회복력을 준다. 언젠가 다시 여동생과 단둘이 유럽으로 떠날 수 있다고 행복한 상상을 하며 오늘도 미소를 짓는다.

떠나보면 알지

4. 내가 꿈꾸는 도시 <스페인 바르셀로나>

대학생 시절 한 달간의 유럽 배낭여행은 나의 큰 전환점이 되었다. 나는 자신감이 부족하고 겁이 많았다. 하지만 지구 반대편 유럽 배낭여행을 다니면서 낯설고 어려운 환경을 헤쳐 나가는 용기, 새로운 사람들과의 연대를 배웠다. 주어진 시간과 비용으로 최대한 여러 나라를 다녔는데, 가보지 못해서 너무 아쉬운 곳이 있었다. 바로 스페인의 바르셀로나이다. 어찌 보면 짧은 시간 동안 스페인 바르셀로나를 스쳐 지나듯 보내기 싫어서였을지도 모른다. 언젠가 떠날 그날을 위해 바르셀로나는 아껴둔 곳이다. 그때에는 바르셀로나에 집중하며 온전히 느끼고 싶다.

내가 바르셀로나에 꼭 가고 싶은 이유는 가우디 건축물을 보고 싶기 때문이다. 책에서 건축가 가우디에 관한 이야기는 읽어본 적이 있었지만, 나의 기억 속에 깊게 자리 잡지 않았다. 몇 년 전 <꽃보다 할배>라는 TV 예능 프로그램에서 80대 배우들이 바르셀로나에 있는 건축가 가우디 건축물을 관광하는 방송을 봤다. 노배우들이 건축물을 보고 느끼는 설렘과 감동이 전해져 매력에 빠져들었다.

사그라다 파밀리에 성당, 구엘 공원, 카사 밀라, 카사 바트요 등 100여 년 전에 지어졌다는 것이 믿기지 않을 만큼 세련되고 독창적인 건축물이어서 경이로움이 느껴졌다. 가우디가 자연으로부터 영감을 얻어 설계한 건축물을 보고 있으면 현재의 트렌드에 적용해도 전혀 어색하지 않을 정도로 시대를 앞섰다. 가우디는 스페인의 대표 건축가일 뿐만 아니라 세계 건축사에 걸작을 남긴 천재 건축가이다. 작품에 대한 감명도 깊었지만, 길에서 마차에 치여 세상과 이별을 한 그의 비극적인 스토리도 내 마음을 울리게 했다. 지금까지도 바르셀로나를 찾는 상당수의 관광객은 〈가우디 투어〉를 위해서라고 할 정도로 많은 사람의 버킷리스트인 곳이다.

바르셀로나의 가우디 투어를 꼭 해보고 싶은 또 다른 이유는 아들의 꿈을 이뤄주고 싶기 때문이다. 아들의 꿈은 건축가이다. 학교에서 장래 희망에 대한 글을 쓸 때 항상 "사람들에게 행복을 주는 건축물을 짓고 싶다"라고 말했다. 훌륭한 건축가 되기 위해서는 문과, 이과, 예술적 성향을 모두 갖추고 있는 것이 이상적이라고 생각한다.

아이에게 세계적인 건축가가 되기 위해서 영어, 국어, 수학, 과학, 예술을 잘 알아야 한다고 이야기했다. 아이에게 말하고 보니 너무 완벽을 추구하는 것 같아 괜히 말했나 싶었다. 그런데 아이가 진지하게 공부도 잘하고 싶어 하고 가족들과 음악과 미술 공연장에 다니는 것도 흥미로워했다. 자신의 꿈을 구체적으로 알고 있고 그것을 이루고 싶은 열정이 있다는 것이 대견스러웠다. '미래의 나'를 스스로 설정하고 꿈

　떠나보면 알지

을 향해 열심히 나아가는 사람이 진짜 멋진 사람이라고 생각한다. 결과가 어떻게 될지는 모르겠지만 꿈을 이루기 위한 과정은 소중하고 살아가는 동안 큰 배움이 된다. 그래서 내가 가장 멋지고 이상적인 건축가라고 생각하는 가우디의 작품을 아들에게 꼭 보여주고 싶다.

아들도 여러 매체를 통해 가우디 건축물을 접해서 잘 알고 있다. 어린 나이에도 진지하게 바라보는 모습을 보니 나도 행복했다. 아이가 직접 가우디 건축물을 보면 어떤 기분이 들까? 내가 멋진 걸작을 보고 느끼는 경이로움과는 다른 벅찬 감정이 있을 것이다. 바르셀로나에서 아들이 가우디 건축물을 처음 만나는 순간을 놓치지 않고 남기고 싶다.

바르셀로나로 떠날 확실한 이유가 생겼으니 이제 떠날 준비를 해야 한다. 오래전 유럽 배낭여행 때처럼 이제 자유의 몸은 아니다. 하지만 꿈을 이루게 해주고 싶은 사랑하는 아들이 있으니 함께할 여행이 더 설레고 기다려진다. 언제쯤 그곳에 도착할지 알 수는 없지만 확실한 기한은 있다. 아들이 건축가가 되기 전까지는 그 기다림의 시간을 줄이기 위해 더 열심히 살아야겠다.

하미나   225

5. 여행 짐 싸기 꿀팁

아이들과 함께 여행을 가다 보니 항상 짐이 많다. 아이들이 어릴 때는 짐이 많아서 여행이 극기 훈련처럼 느껴질 때도 있었다. 하지만 여행은 늘 좋은 기억만 남는다는 것을 알기에 힘든 것을 예상하면서 또 짐을 싸게 된다. 두 아이 모두 분유 수유를 했었기 때문에 짐이 늘 많았다. 그래서 모유 수유하는 분들을 보면서 부럽기도 했다. 아이들 기저귀 짐도 만만치 않았다. 그나마 기저귀는 돌아올 땐 버리고 오기 때문에 큰 부담은 아니었다.

아이들이 크면서 육아 관련 짐은 사라지고, 훨씬 가볍게 다닐 수 있었다. 마음과 여행 짐은 비례한다. 더군다나 이제 아이들이 혼자 작은 캐리어는 끌고 다닐 수 있게 되었으니 얼마나 편해졌나 모르겠다.

여행 갈 때 짐 싸는 일은 설렘이다. 여행 간 것보다 여행을 준비하는 과정이 더 즐겁다. 육아 관련 짐이 많이 줄어서 마음이 더 가벼워진 건지도 모르겠다. 사람마다 여행할 때 짐이 많은 스타일이 있고 짐이 적은 스타일이 있다. 나는 후자이다.

평상시 외출할 때도 짐 많은 것을 싫어해서 최대한 간단히 하고 가방도 작은 것을 쓴다. 어떤 날은 가방을 드는 것조차 필요 없어서 주머니에 간단한 물건만 넣고 외출한다. 자꾸 가방을 신경 써야 하니 에

떠나보면 알지

너지를 더 쏟아야 하는 기분이 들기 때문이다. 여행 갈 때도 대형 캐리어는 웬만하면 잘 안 가져간다. 소형 캐리어에 담기 위해 짐을 최대한 줄이는 것이 습관이 되었다. 나만의 여행 짐을 싸는 팁을 몇 가지 소개하려고 한다.

첫째, 가족 짐을 분리하기. 가족들 개인마다 짐이 많다 보니 짐을 쌀 때부터 각자 짐을 분리해서 담는 것이 좋다. 특히 옷은 찾기 편하고 정리하기도 편하기 위해 개인별로 담아두면 좋다. 특히 어린아이들이 있는 가족의 경우에는 크고 작은 짐들이 많아서 처음부터 분리해서 짐을 싸면 유용하다.

둘째, 투명 김장 봉투 사용하기. 여행 중에 뜬금없이 김장 봉투를 왜 사용하는지 생각할 수 있다. 개인별 짐을 담을 때 분리하기 쉽게 크고 투명한 봉투가 필요하다. 그런데 튼튼하면서 큰 봉투를 찾기가 어렵다. 김장철에 남겨둔 김장 봉투가 있어서 여행 갈 때 사용해 봤는데 유용했다. 이제는 여행용으로 아예 김장 봉투를 사서 짐 담는 데 사용한다.

봉투에 약간의 구멍을 뚫어놓으면 짐 부피를 줄일 수 있다. 김장 봉투는 여행하면서 생긴 빨랫감을 담아오기도 좋다. 여행 다녀온 후에는 사용한 김장 봉투가 여러 장이 생긴다. 이것은 재활용 분리할 때 폐비닐을 담는 용도로 쓰면 마지막까지 알차게 쓸 수 있다.

셋째, 비닐장갑 사용하기. 주방에서 많이 쓰는 비닐장갑이 있다. 여행 중에도 필요할 때가 있는데 비닐장갑의 원래 목적과 다르게 사용한다. 여행 짐 중에 칫솔은 새것을 가져가기도 하지만 집에서 사용 중인 것을 가져갈 때가 있다. 이미 낡아서 마지막으로 쓰고 버려야 할 때 비닐장갑을 사용하면 좋다. 손가락을 넣는 공간에 가족들 수에 맞게 칫솔을 한 개씩 넣으면 위생적이고 편리하다.

넷째, 샘플 가져가기. 평소 길거리나 마트에서 홍보용으로 휴지, 물티슈, 화장품 등 샘플 제품을 받을 때가 많다. 무료로 받는 것이라 좋지만, 원래 쓰고 있는 제품들이 있어서 잘 안 쓰게 된다. 평소에 이런 제품은 버리지 않고 잘 모아두고 여행 갈 때 짐을 줄이는 데 쓰면 효과가 있다.

가방을 가볍게 하는 것이 편안한 여행을 하는 데 도움이 되기 때문에, 평소에 홍보용으로 받았던 휴지나 물티슈를 넣고 다니면 좋다. 샘플로 받은 화장품은 작은 용기에 담겨있어서 여행 일정 중에 쓰기 적당하다. 홍보용으로 샘플 제품을 나눠주는데 안 받기는 아깝고 받아두면 쌓이기만 하고 처치 곤란일 때가 많다. 여행 중에 쓰고 오면 집 정리도 되고 여행 중에 알차게 써서 좋다.

6. 오늘도 달콤한 세계 일주를 꿈꾸며

　내가 국민 학생이었던 1988년, 그 해는 역사적인 88서울올림픽이 열렸다. 여름방학 과제는 올림픽에 참가하는 국가들의 국기를 그려오는 것이었다. 학교에서 나눠 준 만국기를 보며 '어른이 되면 만국기에 있는 나라를 꼭 가봐야지!'라고 생각했던 기억이 난다. 여행 에세이를 쓰며 만국기에 있던 나라 중에 몇 나라를 가봤는지 생각해 보았다. 세어 보니 20개국 정도 된다. 아직도 가봐야 할 곳이 이렇게 많이 남아있다니! 갑자기 심장이 두근두근하며 설렌다.

　아이들이 어려서 여행을 다니기 고된 시절에도 꿋꿋하게 최대한 멀리 떠났다. 분명히 고통스러운 순간이 있었지만, 지금은 행복했던 순간만 남아있다. 나도 나이가 드는지 "사람은 추억을 먹고 산다"라는 어른들의 말씀에 공감한다. 세상 두려움이 없던 20대 청춘일 때부터 40대 두 아이 엄마가 된 지금까지 잊지 못할 추억으로 남아 있는 여행을 되돌아보았다. 흩어져 있던 여행의 순간들이 하나의 인생 스토리로 만들어진다. '여행은 가볍게 떠나서 무겁게 돌아오자'라는 것이 나의 여행 철학이다. 다행히 나와 여행 철학이 비슷한 남편을 만나 새로운 곳을 여행하고 즐길 수 있는 것에 감사하다. 다음 여행은 어디로 떠나볼까? 오늘도 남편과 두근두근 설레는 마음으로 여행계획을 세워본다.

하미나

여기를 떠날 마음만 준비된다면

행선지가 어디든 출발할 수 있는 여행, 그것이 진짜 자유다!

떠나보면 알지

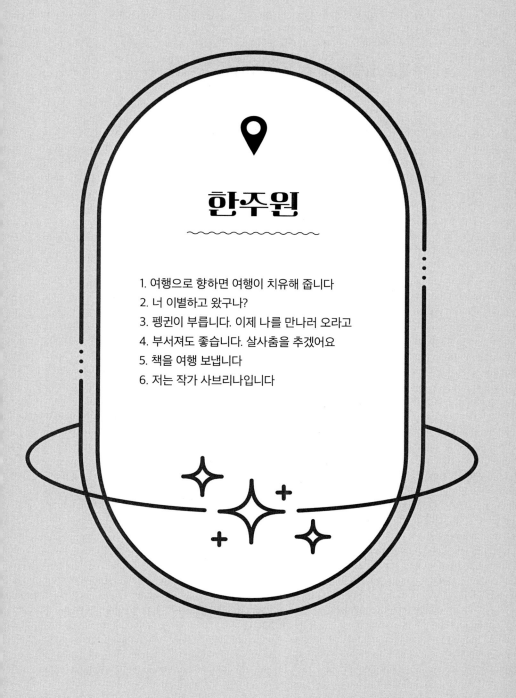

한주원

1. 여행으로 향하면 여행이 치유해 줍니다
2. 너 이별하고 왔구나?
3. 펭귄이 부릅니다. 이제 나를 만나러 오라고
4. 부서져도 좋습니다. 살사춤을 추겠어요
5. 책을 여행 보냅니다
6. 저는 작가 사브리나입니다

1. 여행으로 향하면 여행이 치유해 줍니다

발리 우붓의 작은 호텔에서 벅찬 순간을 만났습니다. '그래 이게 발리지!' 하는 장면이 눈앞에 펼쳐집니다. 기분이 매우 좋아졌습니다. 그 순간을 남기고 싶었습니다.

"소박한 호텔의 아침 식사인데 마치 5성급 정찬 코스를 대접받는 기분이다. 몸집이 작고 앳되어 보이는 스태프가 비장한 표정을 짓고 의자를 빼준다. 어른들을 흉내 낸 정중한 말투의 서비스를 진행한다. 고작 포크와 나이프일 뿐인데 한 손은 뒤로 숨긴 채, 진지하게 세팅을 해준다. 그 엄숙한 표정과 몸짓이 너무 어설프다. 자꾸만 웃음이 터져 나온다. 내용이 별로 없는 샌드위치와 발리식 커피를 한 모금 하고 고개를 들다가, 까르르 웃음을 쏟아낼 듯한 눈망울과 마주친다. 오늘 하루를 기대하게 만드는 눈빛이다. 마침, 흐렸던 하늘에 빼꼼 햇볕이 고개를 들이민다. 평화롭게 펼쳐진 논 위로 오리들의 엉덩이가 부산스럽다. 머리를 비우고 마음을 채우는 여행. 사진으론 담을 수 없는 순간들이 차곡차곡 마음에 쌓여간다. 우붓의 하루가 시작된다."

마음속에 깊이 남아 있는 순간들을 나누고 싶었습니다. 여행은 언제나 다양한 이야기를 만들어 줍니다. 모든 이야기의 주인공은 바로 '나'입니다. 블로그를 통해 제 설렘을 나누다 보니 욕심이 생겼습니다. 소박한

떠나보면 알지

마음입니다. 제가 매료되어 읽었던 책들처럼, 다른 이들도 제 글에 매료되어 여행으로 향했으면 했습니다. 공저 참여가 그 문을 열어줄 것 같았습니다. 이 문을 열고 나면 더 큰 길이 제 앞에 펼쳐지기를 바랍니다.

2. 너 이별하고 왔구나?

이별했습니다. 아픔이 찾아왔습니다. 엄청난 배신감에 도무지 숨을 쉴 수가 없었습니다. 생각이 시작되면 눈물이 멈추지 않습니다. 가슴이 아팠습니다. 한동안 겨울잠을 자는 곰인 양, 잠만 잤습니다. 한 달이 지납니다. 엉망입니다. 정신을 차려 보니, 모두가 걱정합니다. 감정을 쏟아내고 싶었습니다. 사람들의 시선도 신경 쓰입니다. 이별의 흔적이 없는 곳으로 떠나야 했습니다. 멀리 가보기로 합니다.

인도네시아 발리로 결정합니다. 별명이 무려 신들의 섬이라는 곳입니다. 적당히 안전하고, 오래 머물러도 부담이 없다고 했습니다. 무엇보다 절 알아볼 사람은 없을 것 같았습니다. 발리의 꾸따 지역 뽀삐스 골목에 숙소를 예약합니다. 제 마음을 알 수가 없어 기간은 한 달로 정했습니다.

발리에 도착하고 비로소 전 혼자가 됐습니다. 오로지 신들만이 신경 써 주는 발리에 제가 있습니다. 눈이 떠집니다. 아침을 먹습니다. 눈만 마주치면 웃으며 인사하는 숙소의 사람들이 부담스럽습니다. 전웃을 수 없었습니다.

매일 꾸따 비치에 나갑니다. 아무도 신경 쓰지 않고 생각만 할 수있는 곳입니다. 복잡한 마음이 얼굴에 가득합니다. 하염없이 바다를바라봅니다. 비치 보이가 말합니다.

"인상 쓰지 말아요. 이곳은 파라다이스입니다. 당신이 행복하지 않다면 내가 도와줘도 될까요?" 이빨을 보여주며 억지웃음을 지어봅니다. 어색합니다.

하늘이 요란합니다. 헬리콥터에서 방송이 나옵니다. "웰컴 투 발리! 웰컴 투 파라다이스!" 여긴 온통 천국이랍니다. 천국에 있지만 저는지옥입니다. 천국임을 증명하듯 꾸따 비치는 하루 종일 소란합니다. 그 소란함에 마음을 달래 봅니다. 하릴없이 바다만 바라봅니다.

여자가 말을 겁니다. "너 이별하고 왔구나?", "어떻게 알았어?" 제가반응했습니다. 여자는 말합니다. "나도 그랬어. 너처럼 여기 앉아서바다만 바라본 적이 있었어." 여자는 소개합니다. "하지만 지금은 이렇게 멋진 남편과 함께야." 과연 멋집니다. 남자는 금발 머리에 파란눈, 모델 같은 외모를 가졌습니다. 여자는 웃음이 매력적입니다. 프랑

　　　　　　　　　　　　　　　　떠나보면 알지

스 아래 작은 나라 출신이라고 합니다. 여자는 영어를 합니다. 남자는 불어만 합니다. 우리는 해변 모래에 그림을 그려가며 대화를 이어갑니다. 발리의 아이들이 다가옵니다. 영어 인터뷰를 해야 한답니다. 여자는 성실히 대답해 줍니다. 어설픈 아이들 영어를 고쳐줍니다. 그 모습이 마음에 남습니다. 어째서인지 힘이 납니다. 그녀가 말을 걸어준 뒤 큰 위로를 받았습니다. 신들의 위로를 그녀가 전해주었습니다. 그런 생각이 들었습니다. 다시 걸어보기로 합니다.

우붓에 가보기로 합니다. 가이드 순이 언니를 만났습니다. 언니는 한국어가 서툴렀습니다. 언니의 한국어 과외 선생님이 됩니다. 시간이 지나 우리는 발리 가족이 됩니다. 서로가 애틋해집니다.

긴따마니 지역 투어에 가봅니다. 창수 오빠 부부를 만납니다. 사이좋은 부산 부부입니다. 창수 오빠는 최신형 DSLR을 자랑합니다. 진희 언니는 사려 깊은 사람입니다. 불현듯 찾아오는 이별의 기억에 저는 눈물을 숨길 수 없습니다. 오빠는 그 모든 장면을 사진으로 남깁니다. 언니에게 등짝도 맞습니다. 부사끼 사원에 가봅니다. 배경이 멋진 사진들을 선물 받습니다. 마음에 듭니다. 오래 간직할 사진입니다. 드림랜드에, 빠당빠당 비치에 가봅니다. 발리에 많은 사원도 방문해봅니다. 동행이 생깁니다. 서로를 소개하다 보니, 여행자들의 소식을 전하게 됩니다. '발리 이장'이라는 별명이 생깁니다. 하릴없이 바다만 바라보던 제가, 발리 소식통이 되었습니다. 요트를 타고 램봉안 섬에도 가봅니다. 서핑도 배웁니다. 깨짝댄스도 관람합니다. 그리고 클럽에도 가봅니다. DJ의 음악에 발리 전통 북이 장단을 맞춥니다. 북소리가 심장을 뛰게 합니다. 신이 납니다. 엉덩이가 장단을 맞추고, 내 몸이 춤을 춥니다. 피로했던 감정들이 다시 부지런해집니다.

여전히 비치에 나갑니다. 꾸따 비치에 발리 사람들이 친구가 됩니다. 해변에 소또아얌(발리식 닭곰탕)은 늘 품절입니다. 맛이 좋아 인기가 많습니다. 아주머니가 이름을 물어봅니다. "나는 사브리나, 11시에 비치에 나와요." 소또아얌 한 그릇이 매일 저를 기다립니다. 엣 헴! 발

떠나보면 알지

리 이장의 파워입니다. 숙소는 인기가 많은 곳입니다. 깨끗하고 저렴하고 비치에서 가깝습니다. 서핑하는 무리가 있었습니다. 낮부터 늘 파티입니다. 매일 인사를 받고 매일 지나쳤습니다. 혼자였던 저는 그들의 인사를 외면했습니다. 저에게 인사하는 것이 그들의 게임이 되어버렸습니다. 반응하면 환호성을 질렀습니다. 대장처럼 보이는 남자는 꽤 멋이 있었습니다. 여자 친구가 무려 지젤 번천이랍니다. (당시 몸 값이 가장 높은 탑 모델) 세계 1위 서핑 챔피언이랍니다. 그들이 떠나고 나니 알게 되었습니다.

나시 짬뿌르(발리식 백반)를 파는 식당의 나올리 아주머니가 저를 기억합니다. 발리 디바는 제 빨래를 책임져 줍니다. 그들은 매일 안부를 묻습니다. 이젠 마주치는 웃음이 좋습니다. 비치보이 해리는 언제나 농담으로 말을 건넵니다. 선글라스는 절대 벗지 않습니다. 착한 눈빛을 들키지 않으려 합니다. 능글능글할수록 해리는 돈을 법니다.

선셋 타임의 낭만도 즐기게 됩니다. 말을 걸어주는 사람들이 이젠 고맙습니다. 해변의 기타 연주에 빠져듭니다. 입꼬리가 내려갈 줄을 모릅니다. 발리의 신들은 잘생긴 줄리앙도 보내줍니다. 데이트 신청을 받았습니다. 왠지 영화 같은 상황입니다. "해 질 녘 바다에서 만나요." 모호하게 대답합니다. 낭만을 느끼고 싶었습니다. 그렇게 엇갈립니다. 다음 해에 소식을 들었습니다. 줄리앙이 절 찾아다녔다고 합니다.

저도 줄리앙을 기다렸습니다. 웃음이 나는 추억이 됩니다.

혼자여서 좋았습니다. 발리의 신들이 사람들을 보내주었으니까요. 아픔을 버리고 발리를 얻었습니다. 혼자 하는 여행의 즐거움도 알았습니다. 용기도 얻었습니다. 여행은 그곳에 동화되는 것입니다. 그렇게 생각합니다. 발리의 신들은 사람들을 어루만져 줍니다. 그래서 저는 마음이 복잡할 때 발리에 갑니다. 그들처럼 신들에게 투정을 부려봅니다.

"Tidak apa apa! 띠닥 아빠 아빠!(괜찮아요)"
발리는 언제나 괜찮다고 말해줍니다.

3. 펭귄이 부릅니다. 이제 나를 만나러 오라고

바람이 몹시 부는 날이었습니다. 바람결에 펭귄 냄새가 납니다. 귓가가 간질거립니다. 여행이 저를 부르나 봅니다. 제가 무슨 힘이 있습니까? 그저 부르면 응답하는 수밖에. 그래서 여행으로 향합니다. 이번에는 무려 남아프리카, 남아공입니다.

남아공 케이프타운은 그야말로 유난스러운 도시입니다. 스스로를 찐 아프리카 흑인이라고 칭하는 사람들과 그냥 아프리카 흑인, 남아공이 아닌 다른 나라에서 온 흑인, 흑인이지만 인정받지 못하는 흑인, 믹스라는 표현을 싫어해서 '컬러드'라는 단어를 만들어 낸 혼혈 인종, 백인 마지막으로 중국 사람들이 있는 곳입니다. 무려 12개의 공용어를 소화하는 그들이 한 말이니, 맞는 말입니다. 저 사브리나는 한국 사람입니다. 그 어디에서 속하지 않아 그저 사브리나입니다.

책 한 권으로 시작된 이야기입니다. 펭귄이 주인공인 남아공 여행책입니다. 아프리카인데 펭귄이 주인공입니다. 그 펭귄은 볼더스 비치에 살고 있는데, 세상에나 사랑을 압니다. 펭귄인데 사랑을 잘 알고 있답니다. 그래서 평생 딱 한 번의 사랑을 하고 그 사랑으로 평생을 산답니다. 책에 나온 내용이니 믿습니다. 그렇게 막연한 동경이 시작되었습니다.

7년이 지나고 바람이 몹시 부는 날 드디어 펭귄이 절 불러줍니다. 알고 있었지만, 펭귄은 쉽게 만날 수 있는 존재는 아니었습니다. 고대하던 남아공에 도착한 첫날, 친 챙 총이라는 조롱부터 떠넘겨 줍니다. 어깨가 움츠러들었습니다. 가장 큰 명절 부활절 휴일이랍니다. 3일 동안 발품을 팔아 100년이 넘은 롱 스트릿트 터줏대감, 캣 앤 무스 백팩커스에 입성합니다. 온통 남아공 사람들이 머무는 독특한 곳입니다.

펭귄을 만날 수 있는 투어를 기다립니다. 그동안 테이블 마운틴에 다녀올까 합니다. 바람이 또 몹시 붑니다. 테이블 마운틴은 바람이 불면 만날 수가 없습니다. 여행자 거리를 걷고 워터프론트를 구경합니다. 늘 구름모자를 썼다 벗었다가 하는 테이블 마운틴을 쳐다만 봅니다. 참 도 도합니다. 펭귄과의 만남 대용으로 선택했다고 화를 내는 것 같습니다. 테이블 마운틴은 동그란 케이블카를 타고 올라갑니다. 마침내 맑은 날, 줄을 섭니다. 한 시간이 지나 동글동글 돌아가는 케이블카를 타고 말 그대로 테이블 모양의 테이블 마운틴에 도착합니다. 기분이 상쾌합니다. 케이프타운이 저 아래 있습니다. 보라색 여운이 남는 노을이 시작 됩니다. 동글동글 케이블카는 〈돈 워리 비 해피〉 노래를 불러줍니다.

으슬으슬 추운 남아공의 겨울입니다. 캣 앤 무스에 사는 남아공 사 람들은 밤마다 모닥불을 피웁니다. 두 명쯤 들어가면 물이 다 넘칠 것 같은, 홈페이지엔 수영장이라고 표시된 정체 모를 분수 옆에서 매 일 밤, 불을 피웁니다. 손을 뻗어 온기를 느낍니다. 이름에 무려 틱톡 같은 소리를 흉내 낸 발음이 들어간 친구가 말합니다. "저 수영장엔 악어가 사니까 수영할 생각은 하지 마!" 눈을 마주치며 웃고 난 다음 부터 저는 남아공 원주민들과 친구가 됩니다. 저녁이 되면 모두가 모 입니다. 정말 기대했지만, 식당에선 팔지 않는 가정식 '브라이'라는 남 아공 바비큐를 매일 밤 대접받습니다. 남아공의 남자들은 모두 브라 이 요리사랍니다. 대화를 섞으며 매일 모닥불에 찾아가는 저입니다. 유난한 방문에 그들은 매일 권하고 매일 웃습니다. 저는 캣 앤 무스 에 브라이 멤버가 됩니다.

떠나보면 알지

드디어 펭귄을 만나는 날입니다. 설레는 감정은 살짝 숨겨둡니다. 상기된 얼굴로 만난 투어 짝꿍은 캐나다에서 온 사브리나입니다. 펭귄에 대해 조잘거리는 저에게 투어에 참여한 모두가 '펭귄 박사'라는 별명을 지어줍니다.

펭귄을 만났습니다. 말을 걸어 봅니다. 널 만나러 여기까지 왔다고. 가슴이 벅차오릅니다. 희망봉에 가서 영화를 흉내 내 봅니다. 언덕에서 단체 사진도 찍습니다. 마음이 부자가 되는 하루를 보냅니다.

펭귄은 멀리서 온 저에게 선물을 보내줍니다. 크루거 파크에 갈 수 있게 됩니다. 자동차를 소유한 남아공 삼성 직원을 보내줍니다. 3명의 여행 멤버는 가장 위험한 도시 요하네스버그(조벅)에서 만납니다.

크루거 파크의 게임 드라이브에서 빅5를 다 만난 행운아입니다. 브라이 마스터 잭을 흉내 내 매일 밤 브라이도 즐깁니다. 야생 한 가운데서 즐기는 바비큐입니다. 브라이를 즐길 수 없는 곳은 남아공이 아닙니다. 쿵짝이 잘 맞는 여행 친구들입니다. 삼성맨이 남아공 종단 여행에 초대해 줍니다.

조벅에서 시작된 종단 여행은 클라렌스, 드라켄즈버그, 더반을 거쳐, 가든루트까지 향합니다. 사진으로 담을 수 없는 풍경들 속의 드라이브를 즐깁니다. 소들이 길을 막기도 합니다. 끝없는 하늘이 눈앞에 펼쳐집니다. 나이즈나에서는 식욕을 뽐내 봅니다. 우리 삼총사가 식당의 자연산 굴을 모두 먹어버렸습니다. 허머너스는 고래들의 고향입니다. 피 냄새를 맡으면 이빨을 드러내는 백상아리 피딩투어도 가봅니다. 얼음장 같은 바닷속 철창 안에서 엄청난 상어의 입속을 구경합니다. 마침내 꿈같은 가든 루트 드라이브까지 함께합니다. 남아공 종단 여행의 피날레는 가장 기대했던 랑가방 레스토랑입니다.

실제로 있는 곳입니다. 세상에서 가장 행복한 식사를 즐깁니다. 아침 10시에 시작해서 4시간을 즐기는 길고 긴 해산물 브라이 코스요리입니다. 갈매기들이 생선의 부속물을 받아먹는 평화로운 바닷가 레스토랑입니다. 책에 소개된 사진을 한번 보여줬을 뿐인데, 저는 대접을 받습니다. 수년 전 자기 모습이 담겨있는 책은 그들의 사진 파트너가 됩니다. 홍합스튜를 양껏 먹습니다. 돌멩이 모양의 빵은 또 왜 그

떠나보면 알지

리 손이 갈까요? 열 가지 코스의 끝에는 랍스터가 준비됩니다. 이미 바지 단추를 푼지 오랩니다. 책을 가져온 저는 가장 큰 랍스터를 배식받습니다. 행복합니다.

다시 케이프타운, 함께하는 여행이 끝이 납니다. 가슴속이 가득 찬 저는 축배를 듭니다. 식전부터 시작되는 음주에 모두가 행복한 와이너리 투어를 가봅니다. 얼굴이 붉어집니다. 모두가 웃고 있습니다. 노래를 부르고 잠도 옵니다. 돌아가는 버스 안에선 에어컨 바람이 나옵니다. 영하 1도의 남아공의 겨울인데 말입니다.

물개를 만나는 스쿠버 다이빙도 도전해 봅니다. 상어가 나타나면 바닥에 바짝 붙어야 한답니다. 수트를 두 개나 껴입은 저는 다이빙 마스터 칼 뒤에 숨어있습니다. 상어가 보입니다. 범고래가 물어 죽인 상어랍니다. 백상아리도 보고 죽은 상어도 봅니다.

펭귄은 멀리서 자신을 만나러 온 저에게 많은 것을 선사했습니다. 언젠가 다시 바람이 불고 귀가 간질간질, 그곳에서 저를 부르면 다시 펭귄의 부름에 응하고 싶습니다.

4. 부서져도 좋습니다. 살사춤을 추겠어요

꽤 난감한 주제입니다. 가장 가보고 싶은 곳이라니요. 갈팡질팡이 전문인 저에겐 쉬이 대답할 수 없는 주제입니다. 집중해 봅니다. 제 속에 쌓인 욕망을 꺼내봅니다.

여행자들의 마지막 여행지는 〈인도〉라는 말이 있습니다. 저도 인도를 꿈꾸었던 사람입니다. 영화에 나온 판공초와 레 그리고 인도식 수제비라는 뗌뚝이 궁금합니다. 잘생긴 사람들만 앞으로 나선다는 뿌자의식도 저를 인도로 오라고 손짓하는 것 같습니다. 멀리 쉐이셸이라는 섬에 가서 여유로운 로얄 홀리데이를 즐기고 싶기도 합니다. 비싸고 고급스러운 휴양지라고 합니다. 갈라파고스, 아프리카 트럭 투어, 아마존도 궁금합니다. 세상엔 갈 곳이 참으로 많습니다. 그중에 하나만 선택해 보기로 합니다. 머릿속이 아닌 가슴이 향하는 곳에 귀를 기울여 봅니다.

사실 저에게도 쉬이 향하지 못해 가슴속에 묻어둔 그런 곳이 있습니다. 쿠바입니다. 무려 쿠바입니다. 아프리카도 남미도 아닌 쿠바입니다. 체 게바라의 나라입니다. 살사의 나라입니다. 저는 하나만 생각하고 떠나는 사람입니다만, 쿠바는 도무지 하나만 생각할 수가 없는 나라입니다.

오래된 소망들을 차례로 줄 세워봅니다. 까사에 머물 것입니다. 오랫동안 머물러도 좋은 까사를 찾아낼 것입니다. 호텔에는 관심이 없습니다. 그들을 느끼려면 그들처럼 살아봐야 합니다. 아바나를 걷고 싶습니다. 오래된 도시에 흘러온 시간을 고스란히 느껴보고 싶은 것입니다. 노예의 삶이 있었습니다. 레닌의 혁명이 있었습니다. 헤밍웨이의 도시입니다. 모히토가 유명한 나라이지만 헤밍웨이의 술 '다이키리'를 마시는 곳입니다. 심장이 두근거립니다. 해적의 술인 럼주로 만든 칵테일이라네요.

숨 쉬듯 춤을 추는 곳입니다. 다이키리를 한잔하고 걷다 보면 리듬이 들려올 것입니다. 사람들이 춤을 추면 저도 엉덩이를 가만두지 않을 생각입니다. 그래서 살사입니다. 제 욕망 속에서 쿠바는 살사입니다. 아프리카 쏘울과 남미의 열정이 섞인 리듬에 살사가 탄생합니다. 무려 쿠바 살사입니다. 그저 춤이 아닙니다. 아픔도 결핍도 육체의 고통도 숨겨주는 매력적인 춤입니다. 슬리퍼를 신었든 운동화를 신었든 중요하지 않습니다. 음악이 흐릅니다. 마음이 동하면 그저 춤을 춰야 하는 것입니다. 제가 어디에서 왔는지는 중요하지 않습니다. 춤이 시작된 공간에 저도 함께 있다면 그저 같이 몸을 흔들면 되는 것입니다.

쿠바에는 카리브해도 있습니다. 이름만 들어도 익숙한 바다입니다. 해적으로 유명합니다. 바다가 좋아 부르는 곳이면 어디든 몸을 담갔던 저에겐 아직 경험해 보지 못한 미지의 바다입니다. 절 안아준다면 기꺼이 몸을 던지고 싶은 바다입니다. 〈안녕 내 사랑〉이라는 책이 있습니다. 바다를 매우 사랑하던 사람들의 이야기입니다. 카리브해 바닷속에서 모든 것과 소통하는 프리다이버의 이야기입니다. 카리브해를 사랑하는 오드리의 모습은 아름답습니다. 그는 그녀를 사랑했습니다. 그녀가 바다를 느끼는 방식도 사랑했습니다. 그녀도 그를 사랑했습니다. 그녀는 그의 꿈을 이루어 주기로 합니다. 둘은 함께 바다를 탐험합니다. 하지만 카리브해는 그녀를 놓아주지 않았습니다. 그렇게 그녀는 카리브해 아래로 영원한 여행을 떠났습니다. 그는 그녀의 이야기를 사진과 함께 글로 남겼습니다.

그렇게 사랑받고 싶습니다. 욕망하는 것을 존중해 주는 사람과 함께 살사를 추고 싶습니다. 짧은 음악이 끝나고 다시 만날 수 없다고 해도 좋습니다. 한 곡의 음악에 내 마음 모두를 내보일 수 있다면, 뜨거운 열기에 주저앉아도 괜찮습니다. 다리가 움직이는 대로 엉덩이가 박자를 맞춰준다면, 제 몸짓을 마음껏 표현하고 싶습니다. 그 표현을 그대로 받아주는 이와 함께 한다면 더할 나위가 없습니다. 그렇게 쿠바에 동화되고 싶습니다. 반짝이는 카리브해 옆에서 사랑을 안고 살사를 추고 싶은 것입니다.

쿠바는 결핍이 있는 나라입니다. 경제적인 결핍을 두고 있습니다. 쉽게 드러내지 않는 쿠바의 모자람을 저는 알아낼 수 있을까요? 저도 결핍이 있는 사람입니다. 가난한 마음과 지갑을 자꾸만 채우려 합니

떠나보면 알지

다. 가난함은 좀처럼 숨길 수가 없습니다. 어깨를 움츠러들게 만들기 때문입니다. 결여된 것을 숨기려 다른 이의 결핍을 지적하기도 합니다. 쿠바에선 흘린 땀만큼 마음을 채울 수 있다고 들었습니다. 가슴을 채우면 머릿속이 풍요로워집니다. 도무지 판단할 수 없는 사람이 되어 버립니다. 당당한 여유가 생기기 때문입니다. 쿠바는 그런 곳입니다. 모자람을 도무지 들키지 않는 곳입니다. 제 머릿속의 쿠바가 그렇습니다. 결핍이 가득한 곳에서 풍요로운 마음만을 내보이고 싶습니다. 쿠바가 불러주기를 바랍니다. 쿠바의 부름에 응답하고 싶습니다. 허락된다면 쿠바의 길에 제 걸음을 포개고 싶습니다.

5. 책을 여행 보냅니다

바람이 불고 여행이 부르면 그저 여행으로 향하는 저는 특별한 여행 노하우가 없습니다. 다만 자주 떠나는 탓에 항공사 프로모션은 꼭 알람을 받습니다. 항공사가 저렴하게 내놓는 특별 요금 티켓은 아주 귀합니다. 가장 자주 향하는 발리는 항공료가 조금 비싼 편입니다. 당장이라도 발리에 발붙이고 싶은 사람들에겐 경유 티켓은 의미도 없습니다. 그렇지만 가루다 인도네시아 항공에서는 5월쯤 프로모션 티켓이 나옵니다. 이메일로 소식을 받아보는 사람들만 확인할 수 있습니다. 통화 연결음이 지겨워질 때쯤 겨우 받아주는 전화로만 예약할 수 있고, 매우 빠르게 표가 사라집니다. 저는 20만 원의 왕복 티켓을 6번이나 이용했습니다.

카타르 항공이나 에미레이트 항공, 캐세이 퍼시픽, 에어아시아의 소식지는 꼭 받아볼 가치가 있습니다. 이벤트성 프로모션이 급작스럽게 나타난다는 건 승객이 적다는 소식입니다. 그래서 저렴한 경비에 더불어 눕코노미(탑승객이 적을 때, 빈 좌석에 누워서 가는 것)도 경험할 수 있습니다. 튀르키예, 이집트를 아주 저렴하고 편안하게 다녀왔습니다. 9,900원에 태국도 다녀왔습니다.

느린 여행을 즐깁니다.
짧은 여행이라면 여러 곳을 다니지 않습니다. 욕심을 버리면 추억이 쌓입니다. 마음에 드는 식당이나 카페를 발견했다면 적어도 세 번은 가봅니다. 현지 친구가 생깁니다. 너무 많은 계획은 때론 여행을 지치게 합니다. 그렇게 생각합니다.

가장 낡은 신발을 신고 떠납니다.
운동화나 조리가 그 주인공입니다. 걷다가 마음에 드는 신발을 발견하면 삽니다. 그리고 열심히 걷고 걸어 낡은 그 신발은 여행지에 남기고 옵니다. 낡았지만 필요한 사람이 있다면 선물합니다. 여행지에

떠나보면 알지

신발을 남기고 돌아오면 다시 그곳으로 향하게 된다는 말을 좋아합니다. 늘 한 켤레의 미련은 여행지에 남깁니다. 제 신발들이 절 부르나 봅니다. 발리도 태국도 베트남도 자주 불렀습니다. 튀르키예에 두고 온 신발은 아직 소식이 없습니다. 요즘 튀르키예가 생각나는 걸 보면 어딘가에서 제 낡은 신발이 텔레파시를 보내고 있나 봅니다.

현지인들이 줄을 서 있다면 무조건 그 줄에 합류합니다.
보통은 음식을 파는 곳에 줄을 서 있습니다. 말이 통하지 않고 메뉴가 무엇인지 몰라도 괜찮습니다. 얼마를 기다리게 될지는 모르겠지만 제 차례가 왔을 때 그들을 향해 아리송한 표정과 몸짓을 보여주면 곧 제 손엔 그들이 줄을 서서 먹는 그것이 들려있습니다. 뉴욕에서 줄을 서 있다가 맛본 멕시코 퓨전 요리는 얇은 빵 안에 처음 맛보는 소스로 버무린 감자와 각종 채소가 가득 찬 음식이었습니다. 아직도 그 음식의 이름은 모르지만, 그 맛이 기억납니다. 대체로 저렴한 그 특별한 음식은 때로는 그곳을 떠올리는 입안의 추억이 됩니다.

이런 저에겐 딱 하나 특별한 여행 버릇이 있습니다.
어디에 있던 그곳이 주인공인 책을 한 권 읽습니다. 여행이 끝나갈 때 마음에 드는 자리에 그 책을 놓습니다. 표지를 열면 제 편지를 읽을 수 있습니다. 제 책을 발견한 사람에게 연락을 한번 부탁합니다. 그리고 다음 여행지까지만 동행해 달라고 덧붙입니다. 여행하는 책입니다. 저의 여행은 끝나도 책의 여행은 계속됩니다. 냉장고 자석 같은 기념품을 수집하지 못하는 저만의 버릇입니다. 여행이 끝나고 돌아와도 책의 연락을 기다리며 가슴 떨림을 계속할 수 있습니다. 발리에선 다섯 권의 책을, 이집트에선 인도로 한 권의 책을 보내고, 인천 공항에서도 미국에서도 다양한 책을 여행 보냈습니다. 어딘가에서 책들은 여행을 계속하고 있을 겁니다.

제 책을 여행 중에 발견한 이가 있었습니다. 블로그에 답글을 남기고 우리는 서로 놀라워했습니다. 베트남 여행을 한다는 제 소식을 듣고 만남을 약속했습니다. 다낭에서 만난 우리는 깊은 이야기를 나누었고, 저는 그 인연으로 삶의 터전을 베트남으로 옮기게 됐습니다. 여행 보낸 제 책이 저에게 새로운 안식처를 보내주었습니다.

여행은 노하우가 없는 인생과 같습니다. 오늘의 여행이 다음번에 노하우가 될지, 전혀 다른 방향을 선사할지는 알 수 없습니다. 그래서 좋습니다. 모든 이의 여행 기록이 다음 여행에 노하우입니다. 그렇게 생각합니다.

떠나보면 알지

6. 저는 작가 사브리나입니다

저는 막연하게 글을 즐기는 사람이었습니다. 다양한 책을 읽으며 상상의 나래를 펼치는 것이 좋았습니다. 블로그를 통해 제 감정과 경험을 나누는 것도 즐겼습니다. 저의 단어와 문장에 공감하는 사람들을 보며 행복했습니다.

브런치 플랫폼에서 글을 쓸 수 있게 되었습니다. 블로그를 할 때는 그렇게 조잘거리던 제가, 브런치에서는 뜸했습니다. '작가'라는 이름으로 쓰는 글은 블로거일 때와는 또 다른 무게감이 느껴졌습니다.

여전히 저는 글로 소통하는 것을 즐깁니다. 민망한 글도 그저 내보냅니다. 그때 제가 생각한 것이 민망하다면 글도 민망해야 합니다. 공저에 참여해 보니 알게 된 여러 사실이 있습니다. 책을 출간하기 위해선 제 머릿속의 단어와 마음속의 감정을 조금 더 다듬어 내보내야 한다는 것을요. 욕심은 높은데 표현이 부족한 사람인 것도 알게 되었습니다.

공저는 제가 쓰고 싶은 글을 틀에 맞추는 작업이라고 생각합니다. 이 작업이 완벽하게 이루어 지면 책 한 권이 탄생합니다. 공저는 쓰는 작업이지만, 주제가 있고, 틀에 맞춰야 하는 것입니다. 아직은 더 읽어야 한다는 결심도 생겨납니다.

꿈도 생겼습니다. 공저가 끝나고 나면 짧은 페이지 안에 표현하지 못했던 모든 이야기를 차례차례 선보이고 싶어졌습니다. 이집트, 튀르키예, 베트남, 필리핀, 일본과 대만, 저를 불러주었던 여러 곳에서 느낀 것들을 알차게도 쌓아두었거든요. 그래서 모자란 시간 안에서 자꾸만 다른 글을 쓰기도 했습니다. 감성적인 저에게 제 글이 책으로 출간된다는 것은 극적인 일입니다. 그 순간을 한 번으로 끝내고 싶지 않아졌습니다.

공저에 참여할 수 있게 되어서 좋았습니다. 작가님들과 함께 할 수 있어 영광입니다. 규칙을 배우고 책을 출간하는 과정을 알 수 있어서 보람됐습니다. 다음번엔 독립된 이름의 또 하나의 책으로 반갑게 인사드리고 싶습니다.

여행이 만들어 주는 이야기들은 반드시
행하는 사람의 몫입니다.

마무리하는 글

팀장이라는 직분으로 공저 작가님들의 진행 과정을 지켜보며 부담이 됐다. 12명 모두 마지막 목표까지 도달할 수 있도록 하는 것이 팀장의 역할이었다. 글을 잘 쓰고, 못 쓰는 것이 중요하지 않았다. 주제에 맞춰 꾸준하게, 서로가 정한 약속을 지키는 것이 중요했다. 다행히 한 명도 빠짐없이 바쁜 생활 속에서도 자신들의 해야 할 일을 완벽하게 해주었다.

ZOOM 회의를 통하여 얼굴을 익히는 어색함도 있었지만, 시간이 흐르며 서로에게 익숙함을 느꼈다. 짝꿍 퇴고를 할 때는 왠지 모를 친근한 마음이 들기도 했다. 두 달여 동안 서로 힘이 되어 준 모두에게 박수를 보낸다.

시작할 때는 마지막까지 잘 해낼 수 있을지 걱정이 앞섰다. 글쓰기에 대한 경험이 없어 시작하는 마음은 두려움이 컸고, 퇴고 작업을 할 때는 기대와 설렘이 컸다. 마지막 글을 올렸을 때는 기쁨의 환호를 질렀다.

비단 혼자만이 아닌 12명 작가님 모두의 심정이었으리라. 글을 쓰며 서로에게 힘이 되어 주기 위해 격려를 하는 모습이 좋았다. 가끔 힘이 들어 포기할 마음이 생기다가도 챙겨주고, 위로해 주었기에 마음을 다잡고 글을 쓸 수 있었다. 길잡이 역할을 해주신 우리들의 멘토 최서연 작가님은 빼놓을 수 없는 공로자다. 여행 에세이 공저 1기 반장으로 함께 할 수 있어서 감사한 시간이었다.

선남숙 작가

떠나보면 알지